이계진입

리로디드

RELOADED

# 이계진입 리로디드 5

임경배 퓨전 판타지 소설

초판 1쇄 찍은 날 § 2016년 2월 15일
초판 1쇄 펴낸 날 § 2016년 2월 22일

지은이 § 임경배
펴낸이 § 서경석

편집책임 § 고승진

펴낸곳 § 도서출판 청어람
등록번호 § 제387-1999-000006호
등록일자 § 1999. 5. 31
어람번호 § 제1-2357호

주소 § 경기도 부천시 원미구 부일로 483번길 40 서경B/D 3F (우) 14640
전화 § 032-656-4452 팩스 § 032-656-4453
http://www.chungeoram.com
E-mail § chungeorambook@daum.net

ⓒ 임경배, 2015

ISBN 979-11-04-90642-8 04810
ISBN 979-11-04-90529-2 (세트)

# RELOADED

임경배 퓨전 판타지 소설

FUSION FANTASTIC STORY

이계진입 **5**
리로디드

도서출판
청어람

# CONTENTS

# RELOADED

이계진입

리로디드

Chapter 1

탐색

프레이어 루멘트는 약속을 지켰다.

나흘 뒤, 그는 시한 일행을 달의 신전으로 초청했다. 그리고 많은 이들 앞에서 일행의 공적을 공식적으로 치하했다.

"크론 리자테의 권위와 테라노어의 수많은 사람들을 대신해, 그대들의 용맹과 정의로움을 칭송하노라. 만월의 가호가 그대들에게 내리길."

신전장이 직접 시한과 제논을 축복했다. 그리고 그 소문은 순식간에 리자테리움 전역에 퍼졌다.

일국의 수도 한복판에서 벌어진 루스클란의 마물 사건은

세간의 시선을 끌기에 충분했다. 심지어 그 마물을 해치운 이가 전설처럼 전해지는 3대 무신급 소드하이어, 용병왕 바락의 후계자라니!

시한 일행은 단숨에 유명해졌다. 그래서 제논은 전전긍긍했다.

"이래도 되는 겁니까, 시한? 소문이 너무 퍼지는데요?"

제논은 실제로는 바락의 코털 하나 본 적이 없는 것이다. 그런 주제에 용병왕의 공식 제자 2호가 되어버렸다.

바락이 현재 노환으로 세상을 떠났다고 여겨지고 있긴 하지만, 사망이 확인된 적은 없다. 혹여 살아 있어서 소문을 듣고 찾아오기라도 하면 상황이 복잡해진다.

하지만 시한은 태연했다.

"괜찮아, 만약 그 영감님이 살아계신다 쳐도 입 막는 건 별로 안 어려워."

어째 바락에게 이계구원자의 정체를 들키는 건 그다지 신경 쓰지 않는 눈치였다. 의문이 들었지만 알리타는 굳이 캐묻지 않았다.

대신 다른 질문을 던졌다.

"제논이야 그렇다 쳐도, 선 스테인 역시 너무 유명해지면 골치 아프지 않을까요?"

아무리 바락의 후계자로 위장한다 해도, 일단 흑발 흑안의 초신성 소드하이어가 나타난 시점에서 남은 혁명 5영웅이 의심할 가능성은 충분하다.

난처해하며 시한이 대꾸했다.

"나도 그게 걱정이긴 한데, 그렇다고 아예 지닌 능력을 전부 숨기고 다니면 운신의 폭이 너무 좁아져 버려서……."

일개 시민으로 위장한 채 일국의 왕에게 접근할 수 있을 리가 있나? 적어도 어느 정도 지위와 능력을 가진 신분은 필요한 것이다.

"천변기로 얼굴도 바꿨고 경지도 달인급으로 위장하고 있으니, 아직까진 그럭저럭 허용 범위일 거야."

"아슬아슬해 보이긴 하지만요."

"어쩔 수 없잖아? 그거야 감수해야지."

이후 월영관에 온갖 초대장이 다발로 날아들었다. 이나시우스 교국의 여러 귀족들이 시한 일행과 교분을 맺고자 연락을 취한 것이다.

다들 속내는 똑같았다.

'용병왕의 후계자에, 저 나이에 벌써 달인급이라고?'

'놀라운 인재가 아닌가?'

'남에게 빼앗기기 전에 우리 가문이 먼저…….'

겉보기엔 초대지만, 실상은 스카우트 제의였다.

상식적으론 아무리 상대가 용병왕의 후계자라곤 해도 이렇게 노골적으로 추파를 던지진 않는다.

선 스테인은 타국, 라텐베르크의 기사이며 심지어 이미 섬기는 주군이 있는 몸이다. 대외적으로 엄연히 켈테론 후작가의 기사니까.

다른 가문의 기사를 빼오려는 짓은 귀족의 명예에 걸맞은 행위가 아니다.

그럼에도 다들 이토록 뻔뻔하게 나오는 이유가 있었다.

'용병왕의 후계자가!'

'고작 켈테론 따위의 기사라고?'

초대장을 보낸 귀족들에겐 공통점이 존재한다.

전원 혁명전쟁에 참가했던 전적이 있으며, 당시의 켈테론에 대해 잘 알고 있다는 것.

물론 어디까지나 혁명전쟁 시절의 켈테론밖에 모른다는 소리다. 항시 죽음의 공포를 느끼며 살던 '현자의 육체와 야수의 두뇌를 지닌 초인'만을.

따라서 다들 비슷한 자부심을 가지고 있었다.

'내가 아무리 못나도 켈테론 그놈보다야 낫지!'

용병왕 바락의 제자, 선 스테인은 켈테론 따위의 기사로 두기엔 너무도 아까운 인재였다. 분명 갓 하산해 세상 물정 모르는 그를 저 독사 같은 켈테론이 돈과 말발로 꼬드겼음이 분명했다.

그러니 진정한 귀족의 위엄과 권위를 보여주면 당연히 생각이 바뀌지 않겠는가!?

이런 귀족들의 속내를 성시한은 뻔히 짐작하고 있었다.

"아이고, 다들 참 김칫국 거하게 마시고들 있구만. 아, 김칫국은 한국 음식이야, 알리타."

"…딱히 물어볼 생각 없었는데요."

하여튼 굳이 저들의 착각을 교정해 줄 이유는 없었다. 진짜 카렌의 정보를 얻는다는 시한의 목적과도 부합되는 상황이니까.

"잘됐지, 안 그래도 이쪽에서 먼저 찾아다녀야 할 판이었는데."

열심히 초대에 응했다. 공식적 임무인 '사절단 호위' 따윈 진작 내팽개쳤다.

사절단장인 그란셀 남작도 그런 성시한의 움직임에 전혀 신경 쓰지 않았다. 애초에 그는 출발 당시 켈테론의 은밀한 명령을 따로 받았다.

'하이어 선과 제논, 알리타 양은 따로 내가 비밀 임무를 맡긴 것이 있다네. 그러니 그들이 원하는 것은 절대 지원을 아끼지 말게. 특히 하이어 선이 뭔가 지시하면, 그것은 곧 내 명령이라고 여기고 반드시 따르도록!'

필요시엔 사절단의 전권을 하이어 선에게 넘기라는, 실로 파격적인 명령이었다. 쉽게 말해서 알아서 기라는 소리다.

그란셀 남작 입장에선 이렇게 받아들일 수밖에 없다.

'켈테론 후작께서 하이어 선을 굉장히 총애하시는군!'

상대가 바락의 제자이며 젝센가드를 물리친 실세라는 걸 생각하면 켈테론이 저토록 총애하는 것도 이상하지 않았다.

사실은 총애하는 게 아니라 총애받고자 하는 짓이지만, 뭐 그런 속사정까지야 알 리가 없고.

이후 성시한은 다양한 귀족들을 만나 다양한 대화를 나눴다.

"저주받을 루스클란의 마물을 단둘이서 해치웠다지?"

"이미 많은 분들이 힘을 빼놓았기에 가능했던 일이지요."

"겸양은 미덕이나, 그것이 진실을 가리지는 않는 법이라네. 자네 같은 인재가 왜 굳이 켈테론 후작 같은……."

"하하, 켈테론 후작님도 알고 보면 괜찮은 분입니다."

귀족들의 초대를 빙자한 스카우트 제의는 시한에게만 향한 것이 아니었다. 제논 역시 인기 품목(?)이었다.

문제는 제논의 정체에 대해 의심하는 이가 간혹 생긴다는 점이다.

"제논?"

"그러고 보니 릴스타인 왕국에 같은 이름의 기사가 있었던 것 같기도……."

이름 자체야 워낙 동명이인이 많아 별문제가 없다. 하지만 제논의 개성 자체가 문제다.

특유의 거구, 근육, 노안이라는 삼박자가 맞아떨어지니 연상이 안 될 수가 있나?

다행히 제논이 그리 유명인도 아니고 그동안 릴스타인 왕국 내부에서만 활동한지라 딱히 얼굴을 알아보는 이는 없었다. 하지만 밝혀질 가능성이 없진 않았고, 그 경우 좀 골치 아프게 되긴 할 것이다.

왜 릴스타인 왕국을 멋대로 떠나 하이어 선을 따라다니는지 설명을 해야 할 테니까.

그래서 혹여 들킬 경우의 핑계는 생각해 두었다.

"제논, 넌 사실 제논 스트라이드의 어릴 적 헤어진 쌍둥이다!"

"그건 절대 안 먹힐 것 같은데요, 시한?"

"그래도 우기고 봐야지. 아니면 달리 쓸 만한 변명 있냐?"

아무래도 성시한은 변명을 둘러대는 것엔 심각하게 소질이 없는 듯했다. 그래서 제논이 나름대로 머리를 굴렸다.

"차라리 제가 용병왕 바락의 제자에게 패왕기를 전수하고 싶어서 멋대로 왕국을 이탈했다는 쪽이 낫지 않을까요? 그럼 바락에 대해 모르는 것도 대충 앞뒤가 맞고."

"그러니까, 제논 넌 사실 바락이 아니라 나한테 패왕기를 배운 거라고?"

"거짓말도 아니잖습니까? 그리고 원래 거짓은 진실을 기반으로 할 때 가장 잘 먹히는 법이지요"

"…그거, 누가 한 소리야?"

"그야 켈테론 후작이……."

"그럴 것 같더라니."

뭐, 되도록 들키지 않는 게 최선이긴 하다. 저 변명은 어디까지나 들켰을 경우의 보험일 뿐이지.

알리타를 노리는 귀족들도 제법 있었다. 단, 소드하이어로서가 아니라 마기언으로서지만.

이계 마물 토벌 사건 당시 그녀는 무려 7층 마법, 아케인 블래스터를 선보였다.

결과적으로 전투에 아무 쓸모도 없었고 그냥 눈만 아픈 헛짓거리였지만 어쨌거나 알리타가 무려 7층 마법을 구사할 수 있는 마기언이라는 사실이 알려졌다.

"7층의 마기언이라니! 그 나이에 그 정도 경지에 오른 마기언은 실로 드물지 않나?"

실은 드문 정도가 아니다. 테라노어의 긴 역사 속에서도 십대에 7층 이상의 경지에 오른 경우는 단 한 명뿐이다.

바로 이계구원자 성시한.

역대 상아탑주나 혁명 7영웅인 릴스타인과 사파란, 심지어 제국 초대 황제 루스클란 1세조차도 저 나이에 저 경지에 오르진 못했다.

당연히 엄청난 관심이 쏟아졌다.

과한 관심은 알리타 입장에서도 전혀 득 될 일이 없다. 안 그래도 그 문제로 시한과 진지하게 상의하기도 했다.

"어쩌죠, 시한? 상아탑의 마기언이라면 분명히 이상하게 여길 텐데."

"그러게, 괜히 아케인 블래스터를 썼지? 차라리 다른 방법을 찾을걸."

"그땐 그것 말고는 떠오른 게 없었단 말이에요."

"하긴 워낙 급박한 상황이었으니……."

듀란을 구하기 위해 위험을 무릅썼는데 정작 구하지도 못하고 시선만 받게 되었다. 고민하며 두 사람은 어떻게든 변명을 쥐어짜냈다.

"아뇨, 전 제대로 된 마기언이 아니랍니다. 그냥 마력이 비정상적으로 높을 뿐이에요."

현재 알리타의 공식 설정(?)은, 어릴 때부터 비정상적으로 마력이 높은데 그걸 다루지 못해 소드하이어의 길을 걷고 있다가 우연히 '지나가던 마기언 노인'을 만나 가르침을 받고 광학계 마법부터 익히는 편법을 터득했다는 것이었다.

"이렇게 아무 데나 지나가던 노인을 팔아도 되는 거예요, 시한?"

"괜찮아, 괜찮아. 흔한 일이었다니까?"

이 역시 어느 정도 진실을 기반으로 한 이야기였기에 그럭저럭 먹혀들었다.

17세에 7층 경지에 오른 마기언이라면 전인미답, 고금최강의 괴물이겠지만 17세에 7층 수준의 '마력만' 가진 마기언이라면 그럭저럭 납득할 수준이다. 탐낼 가치야 충분하지만 이상하게 여길 이유까진 없다.

그래서 귀족들은 신기해하면서도 더 이상 의아해하지 않고 알리타를 스카우트하려는 데만 열중했다.

참고로 디나는 아무도 관심을 주지 않았다. 뭐가 있어야 관심을 가지지?

그저 알리타를 따라다니며 착실하게 종자의 역할만을 다할 뿐이었다. 그 와중에 묘한 의심을 품긴 했지만.

'기분 탓인가? 왜 이렇게 따돌림당하는 느낌이 들지?'

그렇게 시한 일행은 며칠에 걸쳐 많은 귀족들과 교분을 나눴다. 그리고 많은 이야기를 듣고 정보를 얻었다.

하지만 여전히 진짜 중요한 것은 알 수가 없었다.

대체 진짜 카렌 이나시우스는 어찌 되었는가?

\*　　　\*　　　\*

리자테리움 중심부의 라텐베르크 사절단 공식 숙소, 월영관.

지친 표정으로 시한이 소파에 몸을 던졌다. 그리고 인상을 쓰며 중얼거렸다.

"아우, 진짜 답 안 나오네. 아는 사람이 이렇게 없나?"

근 보름 넘게 귀족들을 만나봤지만, 카렌의 진실을 캐낼 순 없었다. 대부분의 귀족들은 카렌이 가짜라는 의심조차 해본 적이 없는 듯했다.

그래서 시한이 위험을 무릅쓰고 돌려 물어보기도 했다.


"카렌 성하께선 정말 젊으시더군요. 듣자 하니 십 년 전과 전혀 변함이 없으시다든데……."

교국의 귀족들 역시 그 점은 놀라고 있는 듯했다.

"그러게 말입니다. 과거 비열한 제국 놈들이 성하를 불사의 마녀라 부른 적도 있지만, 그렇다고 실제로 불로불사는 아니실 텐데 말이죠."

"워낙 신기하다 보니 헛생각마저 들더군요. 어쩌면 성하께서 진짜 혁명 영웅 카렌 이나시우스가 아닐지도 모르겠다는……."

"하하, 재미있는 생각이군요. 절대 그럴 리야 없지만."

이나시우스 교국에는 1년에 한 번, 달의 여신 크론 리자테에게 바치는 신성한 의식이 있었다.

일 년 중 가장 달빛이 강해지는 만월에 벌이는 실버문 찬미제.

지난 십 년간, 카렌 이나시우스 여교황은 의식을 주관하며 특유의 어마어마한 신성력을 신민들 앞에 과시해 왔다. 그 엄청난 권능은 결코 카렌 외의 다른 사람은 흉내조차 내지 못하는 것이었다.


당시의 대화를 떠올리며 시한이 중얼거렸다.

"과연, 그 정도로 확실한 증거를 보인다면 아무도 카렌의 정체를 의심할 리가 없지."

맞은편에 앉은 제논이 물었다.

"혹시 진짜 카렌 이나시우스는 이미 세상에 없고, 그녀만큼 강력한 신성력을 지닌 가짜를 대신 내세우고 있는 게 아닐까요?"

알리타가 힐끔 디나의 방 쪽을 바라보았다. 기감을 펼쳐 보니 새근새근 곤하게 자고 있는 것이 확인되었다.

혹여 디나가 이야기를 엿들을 염려는 없었다. 알리타가 입을 열었다.

"그렇게나 강력한 프린이 굳이 자신을 위장할 필요가 있을까요? 그냥 카렌의 후계자로서 새로운 교황의 자리에 오르면 될 것 같은데."

"꼭 그렇지는 않아."

시한이 고개를 저었다.

"카렌의 진짜 능력은 프린과 프레이어의 힘을 동시에 가지고 있다는 것에서 나오니까. 혹여 신성력만큼은 그녀와 필적한다 해도 카렌을 대신할 순 없을걸."

게다가 카렌 이나시우스는 혁명 7영웅 중 하나, 테라노어 최고의 권위와 명성을 지니고 있다. 이제 갓 일어선 신생국인 이나시우스 교국에겐 그녀의 능력 못지않게 저 권위와 명성도 필요할 것이다.

턱을 매만지며 시한이 인상을 썼다.

"하지만 과연 카렌만큼 강력한 신성력을 지닌 이가 세상에 또 있을까? 난 그것도 의심스러운걸."

그녀의 신성력은 단순히 타고난 재능만으로 이루어진 것이 아니다. 그 재능에 혁명전쟁 시절의 혹독한 경험이 합쳐져 겨우 완성된 절대의 힘이다.

설사 카렌 이상의 어마어마한 천재가 존재한다 해도, 이 평화로운 테라노어에서 그녀와 비슷한 경지에 올랐을 거라곤 생각하기 힘들다.

"차라리 의식에 무슨 속임수를 썼다는 쪽이면 모를까."

시한의 말에 알리타가 피식 웃었다.

"의식에 참관한 수많은 소드하이어와 프린들이 전부 장님에 귀머거리도 아닐 텐데 과연 속임수가 통할까요?"

"그것도 그렇지?"

피곤한 얼굴로 시한이 한숨을 쉬었다.

"뭐가 뭔지 모르겠군."

어쨌거나, 일단 지금까지 입수한 정보를 종합해 보면 대충 세 개 정도로 가설이 압축된다.

"첫 번째, 카렌이 본인의 의지로 가짜를 내세웠다는 것."

시한이 아는 카렌 이나시우스는 권력이나 통치 등에 전혀 관심이 없는 성격이었다. 만사 귀찮아져 은둔해 버렸을 가능성도 충분했다.

"이제 와서 카렌의 본성을 아는 척하는 것도 웃기는 이야기지만 말이지."

쓴웃음을 지으며 시한은 두 번째 손가락을 접었다.

"두 번째, 누군가에게 배신당해 뒤통수 맞고 어딘가에 유폐되었을 수도 있지."

테라노어 최강국 중 하나인 이나시우스 교국의 왕좌에 꼭 두각시를 앉힐 수만 있다면, 그 이득은 이루 말할 수 없으리라.

"세 번째라면… 카렌은 이미 죽었고 교단 측에서 가짜를 내세웠다는 설이려나?"

아까도 서술했지만, 만약 카렌이 죽었다면 이나시우스 교국은 그 사실을 숨겨야 할 충분한 이유가 있다.

알리타가 고개를 저었다.

"세 번째는 아닐 거예요."

묘하게 확신이 깃든 목소리였다. 시한이 어리둥절해하며 물었다.

"어째서?"

"지금의 가짜 카렌이 너무 젊으니까요."

알리타가 본 카렌 이나시우스는 아무리 봐도 이십 대 초반의 여인이었다. 결코 카렌의 본래 나이인 삼십 대로 보이지 않았다.

"정말 진짜처럼 보이려면 왜 굳이 나이를 먹지 않는 모습을 취할까?"

"그게 이상한 일이야? 그냥 유독 나이보다 어려 보이는 체질일 수도 있잖아?"

세상에 동안이 얼마나 많은데? 피부 좀 타고나고 관리 잘하고 화장 잘하면, 삼십 대 후반에도 이십 대로 보이는 경우는 꽤 있다.

"그렇다 해도 정체를 감추려면 자연스럽게 나이 먹는 모습을 연출하는 게 정상이죠. 실제로 교국의 귀족들도 그 부분만큼은 의아하게 여기고 있잖아요?"

가짜가 진짜로 행세하기 위해서 온갖 디테일까지 갖춘 상태다. 그래놓고 정작 별로 어렵지도 않은, 나이가 들어가는 모습을 연출하지 않는다고? 그냥 화장만 좀 신경 쓰면 되는 문제인데?

"물론 가짜도 여자인 이상 늙어가는 모습 보이기야 싫겠지만, 그렇다고 의심받을 걸 감수하면서까지 젊은 모습을 유지한다는 건 어색하죠."

생각을 정리한 뒤 알리타가 말했다.

"전 역시 카렌이 살아 있을 거라고 생각해요."

아마도 실버문 의식을 주관한 카렌은 진짜일 것이다. 시한의 말대로, 세상에 그런 능력의 소유자가 또 있긴 힘들 테니까.

"아마, 그때만 진짜 카렌이 모습을 드러내는 게 아닐까요? 평소엔 가짜가 대행으로 나서고."

그렇다면 굳이 가짜 카렌이 젊은 외모를 유지하는 것도 이해가 간다.

"정확히는 젊은 외모를 유지하는 것이 아니라, 그냥 매년 진짜 카렌과 같은 얼굴을 유지하는 것뿐이겠죠."

단지 진짜가 엄청난 동안이다 보니, 가짜도 어쩔 수 없이 동안인 상태를 유지하고 있을 것이다.

"그런 면에서 두 번째 가설도 틀렸다고 생각해요. 강제로

유폐되었다면 카렌이 매년 모습을 드러낼 수 있을 리가 없잖
아요?"

조리 있는 알리타의 추리에 시한이 눈을 빛냈다. 그가 듣기
에도 꽤 그럴듯했다.

"그럼 일단 카렌은 건재하고, 또 가짜를 내세운 것도 스스
로의 의지일 가능성이 높다는 소리군."

말없이 두 사람의 대화를 경청하던 제논이 문득 물었다.

"그래서 그 진짜 카렌은 어디 있다는 건가, 알리타?"

"…그걸 제가 어떻게 알아요?"

도로 이야기가 원점으로 돌아왔다. 어쨌거나 현재 카렌이
어찌 되었는지에 대해선 전혀 단서가 없다.

침묵이 흘렀다.

다들 열심히 머리를 굴리며 뭔가 방법을 강구하려 노력한
다.

하지만 여전히 아이디어 따윈 떠오르지 않았다.

시한 일행에게 가능한 정보 입수 방법이라곤 이제껏 한 대
로 교국의 고위층과 접촉해 은근히 떠보는 방식뿐인데, 이건
이미 한계에 도달했다.

자고로 허심탄회와 가장 거리가 먼 직업이 정치가인 법.

교국의 고위층쯤 되면 일상 대화 자체가 속내를 감추고 돌
려 말하는 화법뿐이다. 떠보는 정도로는 더 이상의 정보를 캐

낼 수 없는 것이다.

　문득 시한이 자포자기의 목소리로 중얼거렸다.

　"에라, 이왕 이렇게 된 거 극단적인 방법을 써?"

　"…극단적인 방법이라뇨?"

　알리타가 의아해했다. 그녀를 돌아보며 시한이 사악하게 웃었다.

　"사정 알 만한 교국 고위층을 확 납치해서 직접 심문해 버리는 거지."

　"일국의 고위층을 납치해 심문한다니……."

　그녀는 웃었다.

　"재미있는 농담이네요, 호호."

　그리고 이어진 시한의 말에 금방 웃음을 멈췄다.

　"나, 농담 아닌데?"

　"…진심이에요?"

　"달리 방법이 없잖아?"

　"그야 그렇지만……."

　알리타는 당황했다.

　현 시점에서 더 이상 정보 입수 방법이 없다는 것에는 동의한다. 하지만 그렇다고 교국 고위층을 납치해 정보를 캐내겠다는 건, 일단 위험 부담도 너무 클뿐더러 도의적으로도 받아들이기 힘들다.

마른하늘에 날벼락도 유분수지, 잘살다가 느닷없이 납치당해 모진 일 당하는 이나시우스 교국의 귀족은 대체 무슨 죄인가?

시한이 툴툴대며 반박했다.

"심문한다고 했지, 고문한다고는 안 했거든? 자백 마법을 쓸 거야."

제논이 난색을 표하며 물었다.

"고문도 없이 자백 마법이 잘 먹힐까요? 물론 시한의 마법을 의심하는 건 아닙니다만, 제가 알기로 정신계 마법은 아무리 뛰어난 마기언이라 해도 효능에 한계가 있다고……."

정신계 마법의 효과는 시전자의 실력보다는 피험자의 정신력에 따라 좌우된다. 상대의 정신력 저항을 무시하고 무조건 먹히는 정신계 마법 따윈 없다. 그래서 시한도 베르셀트의 광신도를 상대할 때, 청색 상아탑의 자백 마법을 보고 그리 놀랐었다.

제논도 명색이 기사라 심문 기술에 대한 기초 교양을 배웠다. 그가 질문을 이었다.

"그래서 자백 마법을 걸기 전엔 통상 고문을 하지 않습니까?"

즉, 자백 마법을 제대로 걸기 위해선 '어차피 자백'할 정도로 충분한 고통을 줄 필요가 있는 것이다. 따져 보면 그다지 의미 없는 짓이랄까?

물론 자백의 진위를 판단할 수 있기 때문에 여전히 쓸모는 있다. 적어도 허위 자백은 피할 수 있으니까.

"진짜 카렌의 정보는 그야말로 기밀 중의 기밀일 터, 그 비밀을 지키려는 각오도 했을 겁니다. 설사 고문을 한다 해도 자백 마법이 통할지는 의문인데요."

제논의 말에 시한은 빙그레 웃었다. 그라고 저런 점을 감안하지도 않고 이런 의견을 꺼낸 것은 아니었다.

"보통은 그렇겠지만, 다행히 여긴 왕국이 아니라 교국이지."

왕을 섬기는 왕국과 달리 교국은 교단의 우두머리, 교황을 섬긴다. 쉽게 말해서 고위층에 격 높은 성직자, 프린들이 다수 포진해 있다는 소리다.

그리고 시한에겐 상대가 성직자일 경우에만 통하는 독자적인 심문 방법이 있었다.

"혼천기를 쓰면 돼."

\*　　　　\*　　　　\*

테라노어의 마법은 얼마든지 무시할 수 있는 성시한에게도 일월성신의 신성술은 충분히 통했다. 혁명전쟁 초기엔 강력한 프린이나 프레이어를 상대하며 고전한 적도 많았다.

그래서 개발한 것이 이계구원자의 4대 고유 투기술 중 하나, 혼천기였다.

혼탁한 하늘의 기운이라는 명칭이 붙은 이 투기술은 상대의 신성력을 억제하는 효능이 있었다. 그로써 시한은 과거, 제국 측에 붙은 수많은 일월성신의 프린이며 프레이어들을 상대할 수 있었다.

"혼천기로 신성력을 억누르고 나면 충분히 자백 마법이 먹힐 거야. 예전에도 써먹었던 수법이니까."

소드하이어의 투기나 마기언의 마력과 프린의 신성력은 개념이 조금 다르다.

투기나 마력은 어디까지나 소드하이어나 마기언의 의지로 다루는 일종의 도구다. 그래서 시전자의 컨디션에 따라 투기나 마법의 위력도 달라진다.

반면 신성력은 신의 권능을 프린이 빌려 쓰는 것, 성직자 쪽이 '도구'인 것이다.

그래서 프린의 신성술은 시전자의 컨디션에 따라 위력이 달라지지 않는다. 성직자의 능력은 신성술을 발동시킬 수 있느냐 없느냐 쪽일 뿐이지, 일단 발동이 되기만 하면 언제나 동일한 권능이 나온다.

소드하이어나 마기언에 비해 엄청난 장점이었다.

그런데 이 장점은 동시에 심각한 단점도 지니고 있었다. 신성력의 상태에 따라 '도구'인 프린의 컨디션이 완전히 좌지우지되어 버린다는 단점이.

"소드하이어나 마기언도 투기나 마력을 소모하면 체력이나 정신력이 깎이게 마련이지만, 프린은 저 정도가 좀 심하거든."

신성력을 직접 억제당한 프린의 정신력은 심각하게 하락한다. 마치 신에게서 버림받는 듯한 기분에 가깝다고 해야 할까?

"전에 보니까, 거의 정신줄 놓는 수준이더라고."

덕분에 이 수법은 비밀 유지에도 큰 효과가 있었다.

"혼천기에 제압당하고 바로 정신계 마법에 걸리면 보통 자신이 당했다는 사실조차도 기억 못 하거든. 다들 그냥 악몽 꾼 걸로 착각하게 되지."

이 수법으로 과거 혁명군이 제국의 주요 기밀을 다수 캐낼 수 있었다며 시한은 설명을 마쳤다.

제논과 알리타가 고개를 끄덕였다.

"음, 그런 수법이 있다면 확실히……."

"충분히 시도해 볼 만하겠네요. 왜 진작 안 쓴 거예요?"

저런 수법이 있었으면 처음부터 썼으면 될 것 아닌가? 왜 굳이 피곤하게 온갖 귀족들을 다 찾아가 본 거야?

알리타의 물음에 시한이 머리를 긁적였다.

"이 방법에도 문제가 없는 건 아니니까."

자고로 꼬리가 길면 밟히는 법.

아무리 은밀히 정보를 캐내는 수법이 있다 해도 빈도수가 잦아지면 의심이 안 생길 수가 없다. 어쨌건 저 수법은 '악몽'이라는 부작용을 낳는 것이다.

갑자기 교국 고위층에서 악몽 꾸는 일이 잦아지면 그 소문이 점점 퍼질 것이고, 그럼 자연스레 혁명전쟁 시절 사람들은 '어, 그거 어째 혼천기랑 느낌이 비슷한데?'라며 의심할 것이다.

혼천기는 이계구원자의 고유 투기술, 개중엔 패왕기와 연관을 짓는 사람이 없으리란 법은 없다. 그 경우 자연스레 용병왕의 제자, 션 스테인을 떠올릴지도 모른다.

"중간부턴 좀 비약이 심하지만, 아주 말이 안 된다고 할 수도 없잖아?"

혼천기를 이용한 자백 마법은 단기간에 자주 써먹을 수법이 못된다. 시한의 정체가 드러날 위험이 너무 크다.

이해한 제논이 고개를 끄덕였다.

"기껏해야 한두 번밖에 못 쓰는 수법이군요. 그렇다면 적어도 상대가 가짜 카렌에 대한 비밀을 알고 있다는 확신이 있어야……."

"그렇지. 그런데 하나같이 영 애매하기만 하니, 원."

"켈테론 후작이라면 파악할 수 있지 않았을까요?"

"여기 없는 사람을 아쉬워해 봤자 소용없잖아?"

몸을 기댄 채 시한은 한숨을 쉬었다. 이래저래 떠들어 봤자 결국 모든 문제는 하나로 요약된다.

과연 누가 진실을 알고 있을까?

그때였다. 문득 알리타가 고개를 끄덕였다.

"적어도 한 명은 있네요, 확실하게 진짜 카렌 이나시우스에 대해 알고 있을 사람이."

시한과 제논이 의아해하며 그녀를 돌아보았다.

"엥? 누구?"

"나도 여러 귀족들 만나봤지만 그런 느낌은 못 받았는데?"

알리타가 머뭇거리다가 조심스레 말을 이었다.

"…가짜 카렌 본인이요."


확실히 가짜 본인만큼은 자신이 가짜라는 사실을 알고 있을 것이다.

그럼에도 시한이나 제논이 미처 못 떠올린 이유가 있었다.

"가짜 카렌을 심문하자고?"

"지금 테라노어 최강국의 국왕이자 일월성신의 교황을 납치하자는 건가, 알리타?"

왕좌에 앉은 카렌이 가짜라 해서, 그녀를 둘러싼 왕궁의 경비 태세마저 가짜일 리는 없다. 어이없어 하는 두 사람을 보며 알리타가 어깨를 움츠렸다.

"아니, 실제로 납치하잔 소린 아니고⋯⋯."

솔직히 그녀 자신도 황당한 소리라는 자각은 있었다.

"그냥 확실하게 아는 사람이 있긴 있다 이거죠."

침입과 잠입은 전혀 궤가 다른 분야다.

무신급 소드하이어나 플로어 마스터쯤 되면 일국의 왕궁에 쳐들어가도 무사히 빠져나올 수 있을지 모른다. 하지만 그것이 안 들키고 몰래 들락거릴 수 있다는 소리는 아니다.

만약 잠입했다가 들키기라도 한다면?

라텐베르크의 기사가 몰래 이나시우스 교국의 왕궁에 침입했다. 심각한 외교적 문제다. 자칫하면 전쟁이 일어날 수도 있다.

"일개 귀족가의 저택 정도라면 모를까, 아무리 이계구원자라도 일국의 왕궁에 잠입할 수 있을 리가 없잖은가? 전문적인 도적이라면 또 모를까⋯⋯."

제논이 고개를 설레설레 저었다. 그런데 시한이 어색하게 웃었다.

"아, 사실 가능하긴 해."

"네?"

"나 전문적으로 도둑질도 배웠거든."

어깨를 으쓱거리며 예전 알리타에게 했던 말을 반복한다.

"내가 왕년에 사귀었던 애가 도적이었잖아?"

그것도 도적들의 여왕, 시프 퀸이었다.

"나름 잠입 경험이 많아. 잠형기로 루스클라니움도 몰래 들어가 봤었고."

혁명전쟁이 한창 진행 중일 때의 일이다.

밀리던 전세를 역전시키기 위해 성시한과 레비나가 무모한 짓을 시도한 적이 있었다. 광제 루스타나드를 직접 암살하고자 한 것이다.

"광제 침실 바로 코앞까지 갔었는데, 아쉽게도 실패하고 도주했지. 그 후엔 경계가 워낙 강화되어서 감히 시도를 못 해 봤어."

성시한의 말에 알리타의 표정이 야릇해졌다. 뭔가 과거의 일이 떠오른 모양이었다.

"…그때 그 범인이 시한이었어요?"

"아, 그러고 보니 그땐 알리타 너도 거기 있었겠다?"

이후 황궁이 발칵 뒤집혀지고 엄격한 감시와 통제가 펼쳐졌다. 그 대상엔 후궁과 황족들도 예외가 아니었다.

"덕분에 한 달 동안 정원조차 못 나가서 방에 갇혀 살았었는데."

"미, 미안……."

영웅이라는 이미지 때문에 세간에는 잘 안 알려졌지만, 성시한은 사실 잠입 쪽에도 조예가 깊었다. 그리고 이나시우스 교국 왕궁이 아무리 경계가 삼엄해 봤자 당시의 루스클라니움보다 심할 리는 없다. 그 시절 광제를 죽이고 싶어 한 이는 한둘이 아니었으니까.

"지금 이나시우스 교국이 딱히 전시도 아니고, 누군가 카렌을 노리는 상황도 아닐 테니 그냥 통상적인 경계 태세만 갖추고 있을 거야. 충분히 가능할 것 같은데?"

제논이 고개를 끄덕였다.

듣고 보니 꽤 가능성 높은 일이었다. 하지만 여전히 염려가 되는 것도 사실이다.

"그래도 들킬 경우의 리스크가 너무 큰 것 같습니다만."

그 말에 반박한 것은 알리타였다.

"붙잡히지만 않으면 큰 문제는 없지 않을까요?

"어째서?"

제논의 의문에 그녀가 차분히 말을 이었다.

"혹여 들킨다 해도 붙잡히지만 않으면, 교국 입장에서 침투한 사람이 시한인 줄 어떻게 알겠어요?"

그들이 본 침입자는 어디까지나 복면 쓰고 잠형기를 구사하는 젊은 사내일 뿐이다. 심지어 얼굴도 천변기로 바꾼 다음일 터.

그 침입자를 과연 라텐베르크의 기사와 연결시킬 수 있을까?

"보나마나 씨프 퀸의 부하 중 한 명이라고 여기지 않을까요? 전쟁이 나도 팔로스 왕국이랑 나겠죠, 뭐."

물론 레비나에겐 억울한 일이 되겠지만, 지금 성시한이 그녀를 신경 써줄 이유는 전혀 없겠지.

시한이 놀란 눈으로 중얼거렸다.

"어? 이거 의외로 시도해 볼 만하잖아?"

일행은 진지하게 '가짜 카렌 납치 작전'을 세우기 시작했다.

"정체를 감출 복장이 필요하겠네요. 그리고 밤의 눈동자의 내부 지도도."

용병업에 경험이 있는 알리타가 자질구레한 준비를 맡았다.

야행복이나 복면이야 옷가게에서 평범한 옷을 사서 적당히 수선하면 된다. 왕궁 내부의 지도도 의외로 그리 구하기 힘든 물건은 아니다.

"각국 왕궁의 외곽 부분 지도까지는 업계에 꽤 풀려 있어요. 용병 일 하다 보면 꽤나 수요가 있다더라고요."

고급 용병 일 중엔 귀족이나 왕족의 호위 임무도 간혹 있다. 원래 임무를 맡은 기사에게 무슨 일 생겼을 때 땜빵용이랄까? 그런 경우 왕실 내 지리도 어느 정도 알아야 하는 것이다.

"당연히 외부에 공개된 구역까지만이고, 진짜 중요한 내원은 어느 나라든 철저히 기밀을 지키지만요."

그래도 전혀 모르고 침투하는 것보단 훨씬 낫다. 그렇게 의견을 나누다 보니 제법 현실적인 윤곽이 그려졌다.

뭐, 작전이라 해봐야 별것 아니긴 했다.

어차피 일행 중 밤의 눈동자에 잠입할 실력을 가진 이는 시한뿐인 것이다. 제논과 알리타가 할 수 있는 일은 한정되어 있다.

아니, 정확히 말하면 그나마 제논은 할 수 있는 일이 전혀 없었다. 릴스타인 왕국의 기사였던 그는 이런 뒷세계 쪽 일엔 완전히 문외한이다.

"…전 도시락이라도 쌀까요?"

"고마운 제안이지만 기각이다."

아무리 천하의 이계구원자라도 남의 왕궁 한복판에 잠입해서 도시락 까먹을 배짱은 없었다.

계획을 검토하며 시한이 중얼거렸다.

"이제 남은 문제는 대체 그 넓은 밤의 눈동자 어디에 가짜 카렌의 침실이 있냐는 건데……."

알리타가 태연하게 대꾸했다.

"오히려 그건 찾기 쉬울걸요?"

\*　　　\*　　　\*

초승달이 뜬 깊은 밤, 짙은 구름에 달이 가려져 희미한 월광이 더욱 희미해진 어두운 밤이었다.

숲의 어둠 속을 누군가가 빠르게 이동하고 있었다. 얼굴에 복면을 두르고 전신에 검은 야행복을 걸친 젊은 남자였다.

어둠과 동화된 채 남자는 숲의 가지 위를 빠르게 넘나들었다.

커다란 나무의 가지 사이를 마치 원숭이처럼 가볍게 뛰어넘는다. 개중엔 도저히 사람의 체중을 버틸 수 없을 것 같은 가느다란 가지도 있었다. 그런데도 가지가 꺾이기는커녕 소리조차도 거의 나지 않았다.

그렇게 나무와 나무 사이로 몸을 날리며 남자가 중얼거렸다.

"옛날 생각 나네. 예전에도 이렇게 몰래 남의 집 담을 넘었었는데."

그렇게 한참을 가다보니 숲이 끝나고 시야가 확보된다. 어둠 너머의 광경을 바라보며 남자가 피식 웃었다.

"뭐, 오늘 넘어야 할 담은 좀 많이 높은 것 같지만."

확실히 저걸 담이라고 하기엔 어폐가 있을 것이다. 지금 그가 바라보고 있는 것은 이나시우스 교국 왕궁, 밤의 눈동자를 둘러싼 높이 10미터의 거대한 성벽이었으니까.

성벽 너머로 우뚝 솟은 거대한 탑, 그 최상층을 바라보며 복면 사내, 성시한은 눈을 빛냈다.

"저기가 가짜 카렌이 있는 곳이겠지?"

이나시우스 교국 왕성, 밤의 눈동자.

사실 밤의 눈동자는 왕성이라고 하기엔 좀 어색한 구조다. 테라노어의 다른 왕성이 커다란 본궁이 있고 주위에 여러 별궁으로 구성된 형태라면, 밤의 눈동자는 그 자체로 거대한 하나의 탑이었다.

중앙에 우뚝 솟은 70여 미터에 달하는 거대한 타워가 중앙궁의 역할을 하고, 그 탑의 넓은 하층부와 주변 건물이 별궁이 되는 것이다.

'…굳이 한국에 비유하자면 주상 복합 고층 아파트란 느낌?'

속으로 중얼거리며 성시한은 계속 숲 저편을 살펴보았다.

구름 뒤로 가려진 초승달 덕분에 어둠이 짙었지만, 그럼에도 저 검은 탑은 뚜렷하게 눈에 들어왔다. 편의상 왕성 전체를 밤의 눈동자라 칭하지만, 사실 진정한 밤의 눈동자는 저 탑만을 가리킨다.

나뭇가지 사이에 몸을 숨긴 채 시한이 혀를 내둘렀다.

'참 높게도 지었다. 루스클라니움도 무식하게 크긴 했지만 저렇게 높진 않았는데.'

문득 그는 눈살을 찌푸렸다.

젝센가드의 왕궁이 떠오른 탓이었다.

젝센가드가 새 왕궁을 건설할 때 얼마나 많은 백성들이 고초를 겪었던가?

밤의 눈동자는 젝센가드의 왕궁과는 비교가 안 될 정도로 높고 웅장한 탑이었다. 저 탑을 세우기 위해 대체 얼마나 많은 피눈물이 흘렀을지 짐작도 가질 않는다.

'그래도 카렌은 좀 다를 거라 생각했는데⋯⋯.'

이미 모든 미련을 버렸음에도, 변해 버린 옛 친구의 자취를 볼 때마다 가슴 한구석이 아려온다.

'아니, 가슴이 아리다는 것부터가 아직 미련을 못 버렸다는 의미일지도⋯⋯.'

고개를 절레절레 저으며 시한은 계속 탑을 노려보았다.

교국 온 첫날 직접 들어가 보기도 했지만, 다시 봐도 역시 거대하다. 이제부터 저기에 잠입해야 할 입장이다 보니 더 그렇게 느껴진다.

잘도 테라노어의 문명 수준으로 저렇게 큰 건물을 지었구나 싶을 정도다.

'하긴, 예전 루스클란 제국의 황궁을 처음 보았을 땐 죄다 마법으로 지은 게 아닐까 하고 의심하기도 했었지. 아무리 봐도 중세 수준의 건축 기술로는 불가능해 보였으니까.'

나이 좀 먹고 나서야 꼭 그런 것도 아니란 걸 깨달았다.

'해외여행 좀 다녀보니 의외로 지구에도 덩치 큰 옛날 건물들이 많더라고.'

한국의 왕궁이 다른 나라에 비해 낮은 편이라 그렇지, 사실 고대 지구에도 저 정도로 거대한 건축물을 지을 기술력은 있었다.

고대 로마 시대에 이미 8층짜리 아파트가 존재했다. 중국 자금성 태화전은 목조건물이면서도 최고 높이가 무려 35미터다.

이탈리아의 밀라노 대성당 같은 경우엔 14세기 건물인 주제에 157미터라는 무시무시한 높이를 자랑한다. 비록 완공은 19세기이고 높이 중 절반은 비 거주 구역, 종탑이 차지하고 있지만.

마법의 힘 따위 없는 지구의 고대나 중세 시대에도 거대 건축물을 지을 기술력은 충분했다. 중요한 건 건축술보다는 오히려 필요성 쪽이다.

테라노어 전역을 지배했던 루스클란 제국의 황궁보다도 밤의 눈동자가 더 높다. 이나시우스 교국엔 그럴 '필요성'이 있었으니까.

일월성신을 섬기는 테라노어의 교단은 기본적으로 하늘과 가까이하는 것을 신과 소통하는 것이라 여긴다. 보다 높은 건물이야말로 교단의 권위와 위엄을 상징하는 것이다.

'어째 성경의 바벨탑이 떠오르지만, 뭐 이 동네에 그런 이야기는 없는 것 같으니.'

저 쓸데없이 높은 탑의 존재는 어디까지나 종교적인 이유에서이다. 그리고 같은 이유로 성시한은 가짜 카렌의 침실 위치 역시 정확히 파악할 수 있었다.

달의 여신으로부터 가장 사랑받는 자만이, 달과 가장 가까운 장소에 거할 자격이 있다.

즉 교황의 침소는 무조건 저 높은 탑의 최상층에 위치할 수밖에 없는 것이다.

'덕분에 편하긴 하네. 광제 암살 시도 땐 수시로 침실을 바꾸고 위치도 극비여서 코앞까지 가고도 실패했었는데.'

그렇게 분위기를 살피던 중이었다. 구름 뒤로 달이 가려지며 짙은 그림자가 대지를 드리웠다.

기다리던 상황이었다. 바로 투기를 운용했다.

'잠형기!'

어둠으로 몸을 감싼 뒤 시한은 숲을 벗어났다. 그리고 소리 없이 성벽 쪽으로 달리기 시작했다.

\*　　　\*　　　\*

짙은 어둠이 10여 미터 높이의 성벽을 은밀히 타고 오른다.

성벽 위로 두 명의 병사가 횃불을 든 채 순찰을 돌고 있었지만 누구도 그의 움직임을 파악하지 못했다.

어둠과 동화된 채 시한은 조심스레 왕성 외곽을 가로질렀다. 미리 지형 정보를 파악한 후라 이동에 거리낌이 없었다.

'알리타가 잘 처리했군. 지도 정확하네.'

워낙 밤이 깊어 돌아다니는 사람은 보이지 않았다. 순찰 도는 경비병들은 간혹 마주쳤지만, 잠형기를 펼친 상태라면 일반 병사들의 눈을 피하는 것쯤은 일도 아니었다.

'역시 쥐새끼처럼 돌아다니는 데는 잠형기를 따라갈 게 없다니까?'

괜스레 레비나의 고유 투기술을 폄하하면서 그는 계속 이동했다. 장시간 잠형기를 유지하고 있음에도 별 무리는 느껴지지 않았다.

잠형기는 원래 투기량보다는 집중력이 크게 요구되는 투기술이다. 그리고 투기량만 넘쳐흐르던 십 년 전보다 오히려 지금이 집중력이나 정신력은 더 늘었다.

훨씬 효율적으로 잠형기를 제어할 수 있는 것이다.

십여 분 만에 성시한은 왕성 외곽을 관통해, 밤의 눈동자 하층 구역까지 도달하는 데 성공했다.

시한은 하층 구역 외벽의 창문들을 올려다보았다. 창문들은 모두 두꺼운 금속 창살로 철저히 막혀 있었다.

창살의 재질을 살피며 그는 고개를 끄덕였다.

'역시 광화철(光華鐵)로 창살을 만들어놓았군. 하긴, 어지간한 왕궁이면 상식이지.'

강력한 소드하이어나 마기언, 프레이어는 강철로 주조한 창살이라도 간단히 자를 수 있다. 초인이 실존하는 테라노어에선 평범한 강철 창살은 방범에 큰 도움이 되지 않는다.

그래서 특수한 마법 금속으로 방범 설비를 만들 필요성이 생겼다.

광화철은 투기나 마법, 신성술을 접하면 강렬한 빛과 굉음을 발하는 마법 금속이었다. 소드하이어든 마기언이든 프레이어든, 광화철 창살을 자르려 하면 바로 들통이 나는 것이다.

물론 수준 높은 마기언이라면 광화철에 깃든 마법도 해제할 수 있었지만, 그 해제 마법의 부작용 역시 강렬한 빛과 굉음이었다. 여러모로 상대하기 까다로운 수법이다.

그러나 시한은 별 고생을 하지 않았다.

'테라노어도 발전이 없구만.'

히죽 웃으며 그는 검을 들어 창살을 베어냈다. 동시에 어둠이 일어나 창살을 휘감았다.

빛도 소리도 없었다. 그저 창살만 뎅겅 잘렸다.

'빛과 굉음을 없앨 순 없지만, 빛과 굉음을 덮어버릴 순 있지.'

잠형기는 짙은 암흑을 끌어내 모든 빛과 소리를 뒤덮어 버리는 투기술, 그 어둠의 투기로 절단의 부작용을 모두 숨겨 버린 것이다.

 괜히 잠형기가 도적들 사이에서 전설처럼 전해져 오는 것이 아니다. 단언컨대, 남의 집 몰래 들어가는 면에 있어서 잠형기를 따라갈 수법은 테라노어에 존재하지 않는다.

 잘린 창살을 통해 시한은 은밀하게 탑 내부로 침입했다. 그리고 긴장하며 주위를 둘러보았다.

 '자, 여기서부터는 모르는 구역인가?'


 복도와 복도가 연결된 회랑, 그 가운데 경비를 서고 있는 두 명의 병사가 보인다.

 왕성 외곽과 달리 저 병사들은 제자리에서 경비를 서고 있었다. 순찰병처럼 시야가 이동하지 않는다는 의미였다.

 '상대의 이동을 따라 움직이는 수법은 못 쓰겠군.'

 그렇다고 저들의 눈앞에서 대놓고 움직일 수도 없다. 아무리 어두운 밤이라지만 눈앞에서 시꺼먼 암흑 덩어리가 스르륵 움직이면 못 알아챌 리가 없으니까.

 어둠을 두른 채 시한은 상황을 살폈다.

 다행히 저 병사들은 그다지 철통같은 군기로 무장해 있지 않았다. 표정만 봐도 긴장 풀린 기색이 역력했다.

그렇다고 꾸벅꾸벅 졸고 있다는 소리도 아니었다.

불침번 서본 사람은 알겠지만, 사실 서서 조는 건 결코 쉬운 일이 아니다. 살짝 졸더라도 자세가 무너지면 이내 화들짝 놀라 깨게 되어 있다.

단지, 눈뜨고 조는 건 가능하다.

'멍하니 정면을 바라보곤 있지만 머릿속은 그냥 비어 있는 상태군.'

타이밍에 맞춰 시한이 몸을 움직였다. 저들의 시각이 아닌, 의식의 빈틈을 노린다!

스르륵.

분명 눈앞을 바라보고 있으면서도 병사들은 시한의 움직임을 보지 못했다. 그 순간 병사들은 집에 두고 온 연인, 혹은 가족을 생각하고 있었으니까.

그렇게 눈을 피해 위층으로 올라갔다. 이동하다 보니 또다시 경비병이 보였다.

'아이고, 이번엔 꽤 근면 성실한 양반들일세.'

표정에 잡념 따위 전혀 없고, 진지하게 눈에 들어오는 모든 것을 감시하는 병사들이었다.

아무래도 교황의 침소와 가까울수록 정예병이 배치되어 있는 것 같았다. 뭐, 당연한 이야기겠지만.

'시선을 좀 돌려야겠군.'

과거 레비나에게 배웠던 걸 떠올리며 시한은 슬그머니 손가락을 들었다.

저잣거리 이야기와 달리 이런 상황에서 반대편에 돌을 던져 소리를 내 병사의 시선을 돌리는 건 하급 도적이나 하는 짓이다.

야밤에 갑자기 돌 소리라니, 누가 봐도 수상하지 않은가?

저런 수상한 상황이 생기면 한 명은 소리 쪽으로, 다른 한 명은 반대쪽을 살피는 훈련을 받는다. 괜히 경비병을 2인 1조로 운용하는 것이 아니다.

'제대로 된 도적이라면 이렇게 해야 한댔지.'

시한이 희미한 투기를 쏘았다. 경비병이 아닌, 그들을 비추고 있는 벽에 걸린 횃불을 향해서.

화르륵.

불길이 살짝 흔들렸다. 사람이 사는 곳은 공기가 있고, 공기가 있으면 바람이 불게 마련이다. 불길이 조금 흔들리는 건 얼마든지 자연스러운 일이다.

그리고 불길은 조금 흔들린다 해도, 그림자는 예상보다 크게 흔들린다. 자연스럽게 경비병들이 잠깐 그쪽을 바라보았다.

물론 전혀 수상하게 여길 일이 아니었으니 금방 경계 태세로 돌아왔다. 하지만 그땐 이미 시한은 그들의 곁을 지나친

후였다.

'그럼 수고들 하시게나.'

빙그레 웃으며 시한이 다음 층으로 오르기 시작했다.


잠입은 예상보다 수월했다.

과거 루스클란 제국의 황궁, 루스클라니움 같은 경우는 깊은 밤중에도 온갖 마법의 등불을 밝혀 마치 대낮처럼 환했다.

게다가 온갖 화려한 금은보화로 사방을 치장해 놓아 빛의 난반사도 심했다.

으슥한 구석 따윈 찾기 힘든, 전등을 사용하는 21세기 지구와 비교해도 그리 떨어지지 않을 정도의 광량이었다.

그 빛을 유지하는 데만 매달 엄청난 액수의 세금이 소모되었으니 그야말로 사치와 향락에 미친 광제 시절이기에 가능한 짓거리였다.

'어둠에 몸을 숨기는 잠형기와는 정말 최악의 궁합이었지.'

그래서 그땐 정말 살얼음판을 걷는 기분으로 은신을 유지하며 이동해야 했다.

반면 이나시우스 교국의 왕성, 밤의 눈동자는 어두컴컴했다.

금은보화로 된 치장 따윈 없다. 그냥 새하얀 벽과 기둥, 천

장이 정갈하게 이어질 뿐이다. 조명 역시 정말 필요한 장소에만 횃불이나 작은 마법등을 놓은 정도다

근검절약을 솔선수범하는, 참으로 훌륭한 군주의 모습이었다. 거대한 탑만 보고 카렌 역시 타락했다 여겼던 시한에겐 좀 당황스러운 광경이기도 했다.

'의외로 검소하잖아?'

그 덕에 훨씬 움직이기 쉬워졌다.

아이러니컬한 일이다. 백성을 생각하는 모범적인 왕이기 때문에 암살당하기 더 쉬워진다니.

뭐, 정말 훌륭한 군주는 암살자를 잘 경계하는 왕이 아니라 암살당할 일을 안 만드는 쪽일 것이다. 그리고 시한이 접한 카렌 이나시우스의 평가는 전자보단 후자 쪽이었다.

'카렌이 왕 노릇은 제법 잘했던 걸지도 모르겠네.'

역시 생각 없이 살던 막장왕 젝센가드와 비교하는 건 좀 너무했던 걸까?

'아니면 왕 노릇 잘한 건 가짜 카렌 쪽일지도? 뭐, 어느 쪽이든 이런 웅장한 건축물 올린 시점에서 폭군 대열을 벗어날 순 없겠지만.'

긴장을 유지한 채 성시한은 계속 발걸음을 옮겼다.

아무리 잠형기를 구사하기 쉬운 상황이라 해도 그는 이 탑 내부에 대해서 전혀 모른다. 결코 긴장을 풀 수 있을 리

없었다.

그렇게 한참 조심조심 이동하는데…….

'…음?'

뭔가 느낌이 좀 이상했다.

'기분 탓인가? 왜 이렇게 아는 곳 같지?'

분명 아무 정보도 없는 곳이었다. 분명 처음 와본 곳이었다.

그런데…….

'가만있자, 이 복도가 이렇게 이어지면 분명 위로 올라가는 계단은 저 끝에서 왼쪽으로 가서 오른쪽으로 스물다섯 걸음 정도…….'

왠지 내부 구조를 알 것만 같은 기시감이 강하게 든다. 의아해하면서도 시한은 계속 이동했다. 그리고 확인했다.

'정말 계단이 있네?'

황당한 일이었다.

분명 밤의 눈동자는 시한이 지구로 돌아간 뒤 세워진 건물이다. 그런데 어떻게 이 건물 내부를 알고 있는 거지?

당황한 시한은 차분히 마음을 가라앉혔다. 그리고 온 길을 머릿속으로 되새긴 뒤 해답을 얻었다.

'아!'

생각해 보니 아는 곳이 맞았다.

'이 탑, 그냥 이스트 벨을 증축한 거였구나.'

광제의 사촌인 사를마트 대공이 머무르던 이스트 벨은 구루스클란 제국의 4대 지방 수도, 이스트 클라니움의 중앙궁이었다. 높이 40여 미터의 거대한 궁성으로 특유의 종을 엎어 놓은 형상 때문에 동쪽의 종이란 이름이 붙었다.

'어쩐지 익숙하더라니……'

시한은 혀를 찼다.

이스트 벨은 왕년에 그와 레비나가 몇 번이나 들락거리며 온갖 보물이며 무수한 마법 자료를 훔친 곳이다.

그 자료가 없었다면 릴스타인이나 사파란이 아무리 천재라도 그토록 단기간에 높은 마법 실력을 갖추진 못했을 것이다.

이나시우스 교국 수도 리자테리움은 이스트 클라니움 위에 세워진 도시, 생각해 보면 밤의 눈동자 역시 과거 이스트 벨이 서 있던 위치였다. 단지 너무 많이 변해서 미처 알아채지 못했을 뿐이지.

'용케도 10년 만에 이 정도로 거창한 건물을 세웠다 했더니 그냥 이스트 벨의 외관을 좀 바꾸고 위쪽을 더 올려 탑 형태로 만든 거였군.'

확실히 이스트 벨 정도면 형태나 재질을 볼 때 신축 건물의 하중도 충분히 견딜 수 있을 터였다. 여러모로 새 건물을 세우는 것에 비하면 월등히 쉽다.

'별로 돈도 안 들었겠는데? 백성들도 크게 혹사시키지 않았 겠고.'

이 방식이라면 차라리 젝센가드가 세운 새 왕궁 쪽이 더 손이 많이 갔겠지. 되도록 백성들의 부담을 줄이면서, 딱 필요 한 만큼의 권위와 위엄만 세운 식이다.

젝센가드 왕국과 이나시우스 교국의 분위기가 판이하게 다 른 데는 과연 이유가 있었다. 새삼스런 눈으로 시한은 주위를 둘러보았다.

'…카렌.'

지금 이 왕성만 봐도, 그녀는 그가 알던 카렌이었다. 자비 롭고 온화하고 인자하고 고통받는 백성들만을 염려하던, 마치 친누나처럼 시한을 사랑해 주던 여인.

'그런데 왜?'

그런데 왜 배신한 걸까? 젝센가드처럼 사치와 향락을 바란 것도 아니면서?

풀리지 않는 의문을 뒤로한 채 성시한은 빠르게 몸을 움직 였다.

어차피 해답은 이곳에 있었다.

내부 구조조차도 익숙해졌으니 더 이상 신경 쓸 것이 없었 다. 수월하게 모든 층을 돌파해 최상층까지 다다랐다.

그리고 결국 한 커다란 방문 앞에 섰다. 백양목 재질의, 검은 천공과 달의 형상이 섬세하게 새겨진 방문이었다.

기감을 통해 확인했다.

'여기군.'

틀림없이 가짜 카렌의 침실이었다. 예전에 만났던 그녀의 기운이 방문 너머로 손에 잡힐 듯 느껴진다.

"후우우……."

심호흡을 한 뒤 시한은 손을 뻗었다.

커다란 방문이 소리 없이 열렸다.


\*             \*             \*


섬뜩한 살기가 뇌리를 강타한다. 잠이 확 달아날 정도로 짙고 날카로운 살기였다.

카렌 이나시우스는 기겁하며 눈을 떴다.

"헉?!"

막 그녀가 몸을 일으킨 직후였다.

더 이상 카렌은 움직이지 못했다. 어느새 복면을 쓴 사내가 그녀의 등 뒤에서 날카로운 칼날을 들이대고 있었다.

"움직이면 목이 잘릴 거다."

어색한 굵은 목소리, 의도적으로 변조한 목소리였다. 식은

땀을 흘리며 카렌이 물었다.

"누, 누구냐?"

감히 큰 소리는 내지도 못했다. 고함을 지르려 하면 바로 해를 당할 것임을 깨달은 것이다. 어찌나 살기가 짙은지, 막 자다 깬 처지임에도 불구하고 그녀의 머릿속은 지독하게 맑아져 있었다.

"누구냐라, 그거야말로 내가 묻고 싶은 말인데."

복면 사내, 성시한은 비웃음을 띤 채 대꾸했다.

"당신, 누구지? 그대가 진짜 카렌 이나시우스가 아니라는 건 알고 있어."

"무, 무슨 헛소리를 하는 것이냐?"

당황하며 카렌이 말을 더듬었다. 시한이 더더욱 칼날을 그녀의 피부로 가져갔다.

"헛소리라… 그럼 이 칼날을 무시해 보시지? 불사의 마녀라면 경동맥이 베어진 것쯤은 가볍게 치유할 수 있을 텐데?"

진짜 카렌이라면 이렇게 칼을 목에 대 협박할 수도 없다. 이까짓 거 그냥 베이면서 빠져나올 테니까.

불사의 마녀, 카렌 이나시우스의 재생력은 실로 무시무시하다. 경동맥 정도가 아니라 기도와 식도까지 베어져도 금방 재생할 수 있는 것이다.

심지어 혁명전쟁 시절엔 목이 잘려도 3초 지나기 전에 주워

서 도로 붙이면 재생된다는 소문마저 돌 정도였다. 정말 목이 잘린 적이 없어서 증명되진 않았지만.

반면 눈앞의 카렌은 전혀 움직이지 못했다. 긴장과 공포로 나직한 신음만 흘릴 뿐.

"으으……."

예상했다는 듯 시한이 고개를 주억거렸다.

"그럴 줄 알았다."

프린은 타인의 약화와 치유에 능하지만, 시전 시간이 길고 효과가 나오는 것도 오래 걸린다.

애초에 치유 능력이란 결코 즉각적으로 결과가 나올 수 없다. 성직자가 전투 도중 힐을 넣어서 상처를 없애고 체력을 채우는 게임 같은 상황은, 실제 테라노어에선 존재하지 않는다.

반면 프레이어는 자신의 강화와 타인의 파괴에 능하며 시전 시간도 짧지만, 치유 능력이 전무하다.

오로지 두 힘을 모두 지닌 카렌 이나시우스만이 재생이라 불릴 정도로 신속한 자가 치유가 가능한 것이다.

"가짜에게 그런 재주가 있을 리 없지."

어차피 여기서 말을 길게 할 이유 따윈 전혀 없다. 시한은 바로 혼천기를 끌어올렸다.

강렬한 혼천기의 투기가 가짜 카렌의 전신을 노도와 같이 엄습해 갔다.

"헉!"

경악하며 가짜 카렌이 눈을 부릅떴다. 그러더니 눈을 까뒤집고 사지를 벌벌 떤다.

너무도 명확하게 정신을 제압당한 모습이라 도리어 시한이 당황했다.

'어라?'

혼천기가 신성력을 억제하는 것도 사실이고, 신성력이 억제당하면 프린이 정신줄 놓는 것도 맞긴 한데, 그래도 정도란 게 있다.

어지간한 고위 성직자라면 가능한 한 버티는 게 정상이다. 견습 프린이 아닌 이상 이렇게 바로 효과가 나타나진 않는다.

'교황의 대리인 만큼 가짜라도 상당한 고위 프린일 거라 예상했는데, 그게 아니었나?'

어이없어 하면서도 시한은 자백 마법을 준비했다. 어쨌건 혼천기가 먹힌 건 사실이니까.

그때였다.

갑자기 흰자위를 드러낸 가짜 카렌의 입에서 부드럽고 온화한 목소리가 흘러나왔다.

"아……."

막 마법을 걸려던 시한이 제자리에서 딱딱하게 굳어버렸다.

그 음성은 테라노어의 아스틴 어로 이루어진 것이 아니었다.

"…돌아왔군요, 시한."

카렌에게 가르쳐 줬던 모국의 언어, 한국어였다.

Chapter 2

카렌 이나시우스

루스클란 제국력 1009년의 겨울.

차가운 바람이 몰아치는 제국 4대 지방 수도, 노스 클라니움
은 환호성으로 가득 차 있었다.

"혁명군 만세!"

"혁명 7영웅 만세!"

혁명 7영웅이 이끄는 10만의 혁명군이 결국 북부 제국군을 격
퇴하고 노스 클라니움을 함락시킨 것이다.

광제의 폭거에 시달리던 시민들이 거리로 뛰쳐나와 만세를 부
르며 혁명군을 맞이했다. 때아닌 열기가 한겨울의 도시를 가득

달궜다.

노스팰리스. 노스 클라니움의 군주 가르탄 대공의 왕성이었던 곳에서 십 대 소년 하나가 그 광경을 지켜보고 있었다.

"다들 기뻐하는군."

혁명 7영웅의 리더, 이계구원자 성시한이었다.

"광제로부터 해방되었으니까요."

시한의 등 뒤로 차분한 여인의 목소리가 들렸다. 새까만 머리칼을 등 뒤로 땋아 내린 이십 대의 미녀가 발코니로 다가왔다.

그녀는 초승달이 그려진 흑색 휘장 아래 날씬한 팔다리와 허리 일부를 훤히 드러낸 차림을 하고 있었다. 추운 겨울 날씨와는 전혀 어울리지 않는, 일견 야하게까지 느껴지는 이 복장이야말로 카렌 이나시우스의 전용 전투복이었다.

카렌이 거리를 내려다보며 말했다.

"이제 황도 클라틸만 남았군요."

노스 클라니움 함락으로 인해 테라노어 동서남북, 제국 4대 지방 수도가 혁명군의 손에 떨어졌다. 이제 제국의 세력은 광제가 머무는 황도와 그 인근 지역으로까지 좁혀졌다.

최후의 결전이 가까워져 온다.

성시한이 문득 물었다.

"우리가 이길 수 있을까?"

현재의 우세가 혁명군의 승리를 보장해 주는 것은 아니다. 여전히 제국은 10만에 달하는 중앙군이 건재했고, 루스클란의 마물을 다루는 이계소환술사 부대 역시 상당수 남아 있다.

무엇보다 광제 루스타나드 본인이 직접 부리는 이계의 마물들은 그 자체로 수만의 군대나 다름없다.

"반드시 이겨야겠지요."

카렌의 대답에 시한은 피식 웃었다.

맞는 말이었다. 처음부터 승산 따위 없던 전쟁이었다. 승패를 계산해 가며 싸웠다면 여기까지 오지도 못했을 것이다.

"만약 우리가 승리하고 전쟁이 끝나면……."

문득 그가 카렌을 돌아보며 빙그레 웃었다.

"카렌이 크론 리자테의 교황이 되겠네?"

한때 달의 신전으로부터 파문까지 당한 그녀였다. 하지만 지금은 다르다.

카렌을 중심으로 달의 신전은 새롭게 태어났다. 정신이 깨어 있는 프린과 프레이어 대부분이 그녀의 지휘하에 들어왔다. 황도에 머물러 있을 현 교황 따위 이제 아무도 인정하지 않았다.

현재 카렌은 명실 공히 크론 리자테의 첫 번째 사도였다.

"일월성신의 교황 중 하나라니, 굉장한 명예잖아?"

시한의 호들갑에 카렌이 떨떠름한 얼굴로 고개를 끄덕였다.

"아마 그렇게 되겠죠……."

"어째 탐탁지 않은 듯한 표정인데?"

당황하며 그는 카렌을 바라보았다. 왠지 그녀는 교황이라는 영광스런 자리를 전혀 바라지 않는 듯했다.

"교황 따위 별로 되고 싶지 않아요. 실은 일개 프린의 지위로 돌아가고 싶지만……."

"왜?"

머뭇거리다가, 얼굴을 붉히며 카렌이 나직하게 대꾸했다.

"…교황이 되면 결혼을 못 하잖아요?"

일월성신의 성직자는 원칙적으로 결혼이 금지되어 있지 않다. 남녀가 결합하여 자손을 생산하는 것 또한 신의 뜻을 따르는 고귀한 행위이니까.

하지만 교단의 고위 성직자들은 가족을 만드는 것이 금지되어 있었다. 높은 자리에서 모든 신민을 보살펴야 할 이가 가족을 만들면 공평성을 잃게 된다는 이유였다.

그렇다 해도 교황의 자리는 신을 모시는 이들에게 지고의 영광을 의미한다. 그걸 고작 결혼 못 한다는 이유로 기피할 줄은 몰랐기에 시한은 황당해했다.

"뭐야, 시집은 가고 싶었던 거야?"

카렌이 눈을 흘겼다.

"왜 내가 시집가고 싶어 하지 않는다고 생각한 거예요, 시한?"

"아니, 그냥 평소 그런 느낌이 아니어서……."

머쓱해하며 시한이 머리를 긁었다. 카렌이 빙그레 웃었다.

"실은 아이를 가지고 싶었어요. 사랑하는 남자의 아이를."

꿈꾸는 소녀의 얼굴이 되어 몽롱한 독백을 흘려낸다.

"그이를 닮은 아이들을 많이 낳고 싶어요. 음, 한 열두 명 정도?"

"여, 열두 명……."

시한은 기겁해 말을 더듬었다. 아무리 그래도 저건 좀 많지 않나?

"무슨 축구 팀 만들려고?"

"…축구가 뭔가요?"

"지구에서 인기 있는 운동. 발로 공을 차서 상대편의 골에 많이 넣는 것으로 승부를 겨루는 경기지."

카렌은 잠시 시한의 설명을 머릿속으로 상상해 보았다. 건장한 사내 수십 명이 우르르 몰려다니며 공을 다루고 걷어찬다라…….

"고양이 흉내를 내는 건가요?"

"…지구의 축구 팬들이 들으면 기겁하겠군."

어째 설명을 하다 보니 축구를 모독하는 기분이 든다. 테라노어에도 공은 있지만, 아이들 장난감 이상의 의미는 없는지라 카렌 입장에선 이해하기 힘든 것이다.

"에이, 그냥 넘어가."

손사래를 치며 시한은 말을 돌렸다.

"그나저나, 누가 카렌의 남편이 될지는 모르겠지만 꽤나 힘내야겠는데?"

"이 몸이 선택한 남자라면 그 정도는 해줘야죠."

어깨를 으쓱이며 카렌이 장난스럽게 대꾸했다. 시한이 눈을 가늘게 떴다.

"어설픈 남자라면 내가 용납 못 해!"

어째 누나가 데려온 남자를 경계하는 남동생 같은 표정이다. 카렌은 가볍게 웃었다.

그리고 이내 씁쓸해하는 얼굴로 바뀌었다.

"신경 쓸 필요 없어요. 어차피 시한이 염려하는 그런 일은 일어나지 않을 테니까."

제국의 앞잡이로 전락했던 달의 신전을 겨우 여기까지 정화했다. 신민들로부터 버림받았던 교단의 위세를 겨우 여기까지 돌이켰다.

이 모든 것이 카렌 이나시우스의 존재 덕분이었다. 그녀를 제외하곤 그 누구도 이 자리를 대신할 수 없었다.

그래서 카렌은 교황이 되어야 했다. 그것이 교단과 수많은 신민들을 위하는 유일한 길이었다.

선택의 여지 따윈 없었다.

"물론 이룰 수 없는 꿈이라는 건 알지만……."

쑥스러워하며 그녀는 배시시 웃었다.

"…그래도 꿈 정도는 꿀 수 있잖아요?"

십여 년 전을 회상하며 성시한은 눈앞의 풍경을 바라보았다.

"카렌은 아이들을 좋아했지……."

밤의 눈동자에 잠입했던 바로 다음 날.

시한 일행은 리자테리움 외곽의 시골길을 걷고 있었다.

나지막한 동산과 들판, 밀밭이 이어진 한적한 농촌이었다. 바람이 불 때마다 익어가는 밀밭이 물결처럼 푸르게 흔들린다.

그 밀밭 너머에 작은 신전이 하나 있었다.

신전이라 표현하기 어색할 만큼 낡고 허름한 건물이었다. 크론 리자테의 상징인 만월의 표식이 없었다면 신전인 줄도 모르고 지나쳤을 것이다.

멀리서 바라보며 시한이 혼잣말을 이었다.

"…어떤 의미에선 카렌에게 어울리는 장소일지도 모르겠네."

허름한 신전 앞마당에서 몇 명의 아이들이 뛰어노는 중이었다. 많아 봤자 예닐곱 살 정도의, 각양각색의 피부색과 머리칼을 지닌 어린아이들이다.

모두 고아들이었다.

저 낡은 신전은 고아원도 겸하고 있는 것이다. 대부분의 시골 신전이 그러하듯이.

시한을 뒤따르던 알리타가 믿을 수 없다는 표정을 지었다.

"정말 이곳인가요?"

제논 역시 마찬가지였다.

"이런 곳에 혁명 영웅이자 일국의 여왕이 숨어 있단 말입니까?"

이런 시골 신전은 교단에서도 최하위, 견습조차 벗어나지 못한 재능 없는 프린들이나 부임하는 곳이다. 카렌 이나시우스의 명성과 권능을 생각하면 도무지 어울리지 않는 장소다.

"그런 것 같아."

어젯밤을 떠올리며 성시한은 어색하게 고개를 끄덕였다.

"그녀의 전언에 따르면 말이지."

*           *           *

또렷한 한국어가 테라노어의 여인으로부터 흘러나온다.

"…돌아왔군요, 시한."

전혀 예상치 못한 일이었다. 가짜 카렌을 눈앞에 둔 채 시한은 석상처럼 굳었다.

머릿속이 복잡했다.

'뭐지? 뭐가 어떻게 된 거야?'

혹시 자신이 착각한 것일까? 이 여인이 사실은 진짜 카렌이 맞는 건가? 아니, 하지만 그동안 파악한 바론 가짜임이 확실했는데?

흰자위를 드러낸 채 가짜 카렌이 말을 이었다.

"테라노어에서 혼천기를 쓸 수 있는 이는 오직 이계구원자 한 명뿐. 그렇다면 이 전언을 듣고 있는 것도 시한이겠지요?"

이번엔 한국어가 아니라 아스틴 어였다. 그제야 그는 상황을 파악했다.

'아, 그런 거였나.'

이 여인이 가짜인 것은 맞다. 단지 진짜 카렌의 전언을 지니고 있을 뿐이다.

신성술을 이용해 가짜 카렌의 무의식에 메시지를 남겨놓은 것이다. 평소엔 가짜 본인도 의식하지 못하다가, 혼천기를 접했을 경우에만 의식의 표면으로 떠오르도록 한 것이겠지.

굳이 첫마디에 한국어를 쓴 것도 이 전언을 남긴 것이 진짜 카렌 본인이라는 것을 증명하기 위해서일 것이다.

떨리는 목소리로 시한이 물었다.

"…내가 돌아올 줄 알았던 거야, 카렌?"

가짜 카렌의 목소리가 이어졌다.

"이 아이는 건드리지 말아요. 어차피 아무것도 기억하지 못할 테니까."

질문에 대한 답변이 아니었다.

가짜 카렌은 그냥 남겨진 메시지를 녹음기처럼 되풀이할 뿐이다. 대화를 나눌 수 있는 상태는 아닌 것이다.

넋 나간 여인이 충실하게 무의식 속의 메시지를 이어간다.

"나를 찾고 있겠죠? 그렇다면……."

마지막 말을 토한 뒤 그녀는 그대로 혼절해 버렸다.

"…기다리고 있겠어요, 시한."


*          *          *


카렌의 전언은 리자테리움 외곽의 한 시골 마을을 가리키고 있었다. 일단 숙소로 돌아온 뒤, 다음 날 아침이 밝자마자 성시한은 제논과 알리타를 대동하고 월영관을 출발했다.

원래는 알리타만을 데리고 갈 생각이었다.

생각 같아선 혼자 다녀오고 싶었지만 아쉽게도 그는 아직 마력을 충분히 회복하지 못한 상태였다. 전투야 투기술만으로도 충분하겠지만 현재의 마력으로는 이계의 문을 열지 못하는 것이다. 그러니 좋든 싫든 알리타는 무조건 데려가야 했다.

그런데 제논이 자신도 따라가겠다고 고집을 피웠다. 안 그래도 젝센가드를 처리할 때 혼자만 따돌려져서 내심 삐쳐 있던 제논이었다.

'물론 시한의 복수에 끼어들 생각은 없습니다. 하지만 만일의 경우, 제가 도울 일이 생길지도 모르지 않습니까?'

알리타도 따라오는 마당에 제논만 배제할 이유도 없고, 또 카렌이 부하들을 대동할 가능성도 있어서 시한은 그냥 허락했다.

그동안 디나는 따로 심부름을 보냈다.

그간 시한 일행을 초대한 귀족들에게 감사를 표하며, 그들의 제의를 거절하는 답신을 해야 하는 것이다. 어차피 해야할 일이고 종자의 임무에도 합당하니 그녀도 별 의심 없이 심부름을 떠났다.

그렇게 반나절 동안 이동해 시한 일행은 카렌의 전언이 가리킨 시골 마을, 글람에 도착했다.

＊　　　　＊　　　　＊

무장한 3인의 남녀가 낡은 신전 앞뜰에 모습을 드러냈다. 뛰어놀던 작은 여자아이 하나가 그들을 보고 흠칫 놀랐다.

"선생님! 선생님!"

"누군가 왔어요!"

몇몇 아이들이 서둘러 신전 쪽으로 뛰어갔다. 남은 아이들도 겁먹은 기색으로 무장한 남녀, 시한 일행의 눈치를 보기 시작했다.

힘없는 이들에게 검을 든 전사는 그 자체만으로 충분히 공포의 대상이다. 하물며 고아들이라면 말할 것도 없다.

아이들의 반응에 시한과 제논이 어색해했다. 알리타가 애써 웃으며 아이들을 달랬다.

"겁먹을 필요 없어, 얘들아."

그래도 아이들의 표정은 풀리지 않았다. 제논 때문이었다.

신장 2미터의 우락부락한 거구가 두꺼운 금속 갑옷으로 중무장하고 어른 키보다도 더 큰 대검을 덜그럭거리며 눈앞에 나타난 상황이다. 이걸 보고도 겁을 먹지 않는 어린아이라면 실로 장래가 촉망되는 인재일 것이다.

"우우……."

"오빠, 무서워……."

작은 여자아이들이 제논을 피해 다른 고아들 뒤로 슬슬 숨는다. 알리타가 팔꿈치로 제논의 옆구리를 툭 찔렀다.

"아이참, 좀 자중해요, 제논."

"…내가 뭘 어쨌다고?"

덩치 큰 게 죄란 말이냐? 아니, 그보다 이 상황에서 '뭘 어떻게' 자중해야 큰 덩치가 도로 작아지는 건데?

뭔가 억울해 제논이 어버버 할 때였다.

낡은 나무문을 열고 한 여인이 걸어 나왔다.

"선생님!"

어미 닭 만난 병아리처럼 아이들이 쪼르르 그녀에게로 달려간다. 여인이 화사하게 웃으며 아이들을 달랬다.

"응, 손님이 오셨나 보구나?"

아이들의 긴장을 풀어주며 미녀가 시한 일행을 바라보았다.

여인과 시한의 검은 눈동자가 서로 마주쳤다.

성시한이 멍한 목소리를 흘렸다.

"…카렌."

눈앞의 여인은 카렌 이나시우스와 똑같은 외모를 지니고 있었다. 옆에 세워놓으면 쌍둥이 자매라 해도 아무도 의심하지 않을 것이다.

그럼에도 분위기는 전혀 달랐다.

장식 없는 댕기머리에 거친 천으로 만든 상의와 치마, 두른 앞치마에 음식물 얼룩이 알록달록하다. 얼굴에도 화장기 따윈 전혀 없고, 심지어 이마엔 숯 검댕도 살짝 묻어 있다.

저런 수수한 옷차림으로도 채 숨기지 못할 정도로 눈부신 미녀란 점을 제외한다면, 그녀는 평범한 시골 처녀와 거의 다를 것이 없었다. 전설의 혁명 영웅을 떠올릴 만한 부분은 전혀 보이지 않았다.

그럼에도 성시한은 한눈에 알아보았다.

모든 감각, 모든 기억이 눈앞의 여인이 진짜 카렌 이나시우스라는 확신을 안겨주고 있었다.

가슴 한구석이 무겁게 내려앉으며 온갖 상념과 추억이 뒤섞여 혼탁한 감정으로 치솟아 오른다.

"카렌……!"

막 시한이 고함을 터뜨리려던 찰나였다. 카렌이 가볍게 손을 내밀어 그를 저지했다.

"아이들이 있어."

야릇한 미소를 지으며 그녀가 말을 이었다.

"시끄러워지는 건 너도 원하지 않겠지?"

"……."

너무도 태연한 태도에 시한이 도리어 당황했다. 그 틈에 카렌이 아이들을 돌아보며 말했다.

"얘들아, 저분들은 선생님이 잘 아는 사람들이야. 걱정할 필요 전혀 없어요. 알겠니?"

"네, 선생님."

"그럼 그만 놀고 들어가렴."

아이들이 옹기종기 신전 안으로 향했다. 허름한 법복을 입은 중년 아주머니가 힐끔 밖을 내다보더니 시한 일행을 향해 놀란 표정을 지었다.

"프린 리아나, 이분들은 누구죠?"

리아나는 카렌의 가명인 듯했다. 카렌이 태연하게 대꾸했다.

"절 찾아온 손님이에요, 프린 마리아."

긴장 따위 눈곱만큼도 찾아볼 수 없는 얼굴이었다. 프린 마리아가 안심하며 중얼거렸다.

"손님맞이 준비를 해야겠군요."

마리아가 신전 안으로 들어가자 앞뜰에 시한 일행, 그리고 카렌만 남게 되었다.

순간 그녀의 표정이 변했다.

시골 처녀처럼 온화하고 상냥하던 얼굴이, 수많은 이들의 운명을 좌지우지하는 절대자의 권위로 뒤덮인다.

"그 아이에게 걸어놓은 트리거가 작동해서 혹시나 했었는데……."

차가운 여왕의 미소가 카렌의 입가에 떠올랐다.

"정말 돌아왔구나, 시한."


"릴스타인이나 사파란은 네가 절대 돌아올 수 없다고 했었지만……."

카렌은 고개를 천천히 저었다.

"난 믿지 않았어."

아이들이 사라진 조용한 신전 앞뜰에 청량한 목소리가 울려 퍼진다.

"넌 기적의 소년이었으니까. 불가능하다고 여겨진 모든 것을 차례로 깨부수던 네가, 이번에만 무릎 꿇을 리가 없잖아?"

아무 말 없이 시한은 그녀를 바라보기만 했다.

"……."

젝센가드와 재회하며 격렬한 감정에 휩싸였던 그였다. 하지만 카렌을 만난 지금은 분노보다 당혹감이 먼저 느껴졌다.

예상치도 못한 장소, 처음부터 기다리고 있었다는 듯한 모습, 태연하기 그지없는 표정.

심리적 주도권을 완전히 빼앗긴 것이다.

카렌이 문득 시선을 돌렸다. 시한 옆에 긴장한 채 서 있는 제논과 알리타를 빤히 바라본다.

"저 아이들은 새로운 동료들? 보아하니 네 정체도 알고 있는 것 같네."

간신히 시한이 말문을 열었다.

"…이게 무슨 수작이지, 카렌?"

그리고 낡은 신전을 둘러보며 질문을 이었다.

"여기서 도대체 뭘 하고 있는 거야?"

카렌이 어깨를 으쓱이며 웃었다.

"서로 풀어야 할 일이 많겠지만……."

미소를 짓고 있지만 그녀의 눈은 조금도 웃고 있지 않았다.

"아무래도 이 자리에서 하기는 좀 그렇지?"

섬뜩할 정도로 차가운 눈이다. 시한이 기억하고 있는 과거의 그녀와는 전혀 다르다.

카렌이 신전 옆의 작은 숲을 가리켰다.

"자리를 옮기자."

그리고 시한이 채 대답하기도 전에 몸을 날렸다.

단숨에 수십 미터를 뛰어넘어 숲 쪽으로 질주한다. 수수한 옷차림과는 전혀 어울리지 않는 초인적인 몸놀림이었다.

"윽!"

당황하며 시한은 바로 몸을 날렸다. 그리고 무시무시한 스피드로 앞서간 카렌의 뒤를 쫓았다.

뒤늦게 제논과 알리타가 상황을 인지했다.

"앗!"

"시한!"

허둥대며 바로 뒤쫓았지만 이미 시한과 카렌의 모습은 보이지 않았다. 두 사람 다 어찌나 빠르던지, 눈 깜짝할 사이에 수풀 사이로 자취를 감춘 후였다.

그래도 기감을 통해 앞서 가는 둘의 위치는 파악할 수 있었다. 뒤처지지 않으려 노력하며 제논과 알리타도 전력을 향해 달리기 시작했다.

한참 숲을 질주하던 카렌이 거목들 사이의 작은 공터에서 걸음을 멈췄다.

"여기라면 소란을 피워도 문제없겠지?"

곧바로 성시한도 공터에 모습을 드러냈다.

그토록 빠르게 이동했음에도 두 사람 다 호흡이 거칠어지거나 하는 일은 없었다. 이 정도 움직인 건 산책 수준도 안 되었다.

시한을 응시하며 카렌이 물었다.

"언제까지 그 얼굴을 하고 있을 거야?"

현재 성시한은 위장을 하고 있었다. 아무 말 없이 그는 천변기를 풀었다. 말끔한 한국인 청년의 얼굴이 드러났다.

카렌이 살짝 감탄을 흘렸다.

"어머, 멋진 남자가 되었구나, 시한."

그녀를 뚫어져라 노려보며 시한이 물었다.

"용케도 알아보더군. 혹시 티가 났나?"

"오는 줄 알고 있었으니까. 게다가 우리 신전은 평소엔 손님이 없거든."

잠시 대화가 끊겼다. 침묵이 둘 사이를 맴돌았다.

시한이 뜬금없는 질문을 던졌다.

"…왕좌에 앉아 있던 그 여자는 누구야?"

카렌이 의외란 표정을 지었다. 설마 이런 질문이 나올 줄은 예상치 못한 듯했다.

빙그레 웃으며 그녀가 반문했다.

"시디아를 기억해?"

"시디아?"

잠시 시한은 기억을 더듬었다.

"아, 그……."

떠올랐다. 카렌의 여시종 중 한 명이었던 흑발의 견습 프린이.

별로 친하게 지내지 않아 잘은 모르지만, 아마 카렌보다 서너 살 정도 어렸던 걸로 기억하는데…….

"그 아이야. 신성술로 나랑 비슷하게 얼굴을 고쳤지."

확실히 시디아라면 카렌의 대역을 하기에 충분할 것이다. 그녀는 카렌의 시종이자 부관 역할도 했었다. 항상 옆에서 카렌의 일거수일투족을 지켜봤으니 연습만 좀 하면 감쪽같이 위장할 수 있었겠지.

"그런데 달의 신성술에 성형 능력도 있었나?"

"네가 만든 천변기를 참고했어. 그리고 원래 시디아는 나랑 좀 닮았었잖아?"

"그랬었지, 참."

둘 다 고아라서 피가 이어지지 않았는데도 용케 자매처럼 닮았다며 신기해하던 기억이 있다.

문득 시한이 혀를 내둘렀다.

"시디아라면 슬슬 올해로 서른을 넘겼을 텐데? 용케도 이십 대 초반의 외모를 유지하고 있군."

"나랑 같은 외모를 유지해야 하니까. 안 그래도 나이 먹을수록 화장 안 먹는다고 엄청 고민 중이야."

알리타의 추리는 옳았다. 가짜 카렌이 이십 대 초반의 외모를 고집하는 건, 단순히 진짜 카렌이 십 년 전부터 전혀 늙지 않았기 때문일 뿐이었다.

"너무 시디아만 고생시키는 거 아냐?"

"나도 그럴 생각은 없었어. 그런데 몇 년 전부터 내가 영 늙질 않더라고. 아마도 내 능력의 부작용이 아닌가 싶긴 한데."

"하! 그거 참 긍정적인 부작용이네."

온 세상 여자들이 치를 떨 천인공노할 대사를 참 태연스럽게도 내뱉는다. 고소를 머금은 채 성시한은 카렌을 바라보았다.

그의 기억과 조금도 달라진 게 없는 저 젊고 아름다운 여인을.

"정말 변한 게 없네, 카렌. 십 년 전 그대로야."

그녀를 노려보며 내뱉듯 말을 잇는다.

"…정말 너무 변했군."

분명 카렌의 외모는 예전 그대로였지만, 단지 그뿐이었다.

표정도 분위기도 전혀 다르다. 시한에게 큰 위안이 되었던 온화하던 얼굴은 온데간데없다. 그저 얼음장 같은 미소만이 기억 속의 그녀를 덧칠하고 있다.

냉소를 머금은 채 카렌이 물었다.

"뭐야? 기껏 테라노어로 돌아와서 한다는 말이 그것밖에 없는 거야?"

"하하… 그건 그런가……."

시한은 힘없이 웃었다.

굳이 이런 쓸데없는 이야기를 꺼낸 이유가 있었다. 이런 식으로라도 말문을 열지 않으면 대화조차 힘겨웠던 탓이다.

잠시 후 시한이 입을 열었다.

"…왜 날 배신한 거지?"

차라리 젝센가드처럼 왕이 되기 위해서란 이유라면 이해하기나 쉽다. 하지만 지금 카렌은 여왕의 권력 따위 누리고 있지도 않았다.

고작 이런 시골에서, 한낱 시골 처녀의 모습으로 고아들이나 돌보기 위해서 그를 배신한 거였나?

"도대체 왜!"

시한이 언성을 높였다. 카렌의 미소가 짙어졌다.

"그래, 복수를 위해 돌아왔으니 배신당한 이유를 알고 싶어하는 건 당연하겠지. 그런데……."

짙은 미소가 비웃음으로 변한다. 그녀의 등 뒤로 찬란한 신성력의 빛이 솟아오른다.

"…이유 따위가 중요해?"

놀란 성시한이 투기를 끌어올렸다. 양팔을 휘두르며 카렌이 살기 가득한 외침을 터뜨렸다.

"어차피 둘 중 하나는 여기서 죽게 될 텐데!"

휘두른 그녀의 옷소매 사이로 시뻘건 사슬이 솟구쳤다. 실존하는 물질이 아닌, 크론 리자테의 권능으로 구현된 신성력의 사슬이었다.

"적월의 사슬!"

두 줄기 붉은 사슬이 뱀처럼 요동치며 허공을 갈랐다.

강렬한 열기가 공기를 뜨겁게 달군다. 화염의 기운이 실린 카렌의 사슬이 성시한의 좌우로 날아든다.

잽싸게 시한이 뒤로 물러서 공격을 피했다. 두 사슬이 허공에서 충돌하며 폭발을 일으켰다.

콰아아앙!

후끈하게 퍼지는 열기를 느끼며 성시한은 침울해했다.

'결국 이게 카렌의 본심인가…….'

치명적인 공격은 아니다. 시한 정도 수준에겐 일종의 인사나 다름없는 가벼운 일격이다.

하지만 그 속에 담긴 것은 의심할 여지조차 없는 명백한 살의였다.

이미 예상했는데도 막상 이 상황이 되니 가슴속 한구석이 먹먹해져 온다. 자신의 감정을 자각하며 그는 스스로에게 욕을 퍼부었다.

'뭘 기대한 거냐, 성시한, 이 멍청아! 이제 와서 카렌만은 뭔가 다를 것 같아?'

젝센가드와도 십여 년 전엔 허심탄회하게 우정을 나누던 사이였다. 카렌이라고 변하지 않았을 리 없는데!

흔들리는 마음을 다잡으며 그는 등 뒤에 찬 클레이모어를 끌렀다. 한 손으로 그 커다란 검을 가볍게 휘두르며 투기를 발현한다.

"패왕기!"

곧바로 카렌의 후속타가 날아들었다.

"백월의 사슬!"

아까와 달리 섬뜩한 냉기가 실린 사슬이었다. 카렌이 구현한 저 신성력의 사슬은 그 자체로도 가공할 공격력을 지니며, 동시에 온갖 다양한 속성마저 구현할 수 있는 것이다.

새하얀 두 줄기 사슬이 물러난 시한의 정면으로 쇄도한다. 어찌나 냉기가 강렬한지 사슬 주위로 눈보라가 일어날 지경이다.

정면을 향해 시한이 클레이모어를 길게 올려쳤다.

"패왕기, 격류!"

투기의 소용돌이가 일어나며 날아든 백색 사슬을 휘감았다. 사슬의 궤도가 흐트러지며 허공에서 엉망으로 엉켰다.

그 틈에 시한이 땅을 박찼다. 쏘아진 화살처럼 빠르게 돌진하며 상대와의 거리를 급격하게 좁힌다.

"타앗!"

클레이모어의 일격이 카렌의 어깨를 노렸다. 순간 그녀의 눈이 가늘어졌다.

"…거리를 좁히려고?"

미끄러지듯 몸을 틀어 카렌이 참격을 피했다. 잔상이 남는 듯한 빠른 움직임이었다.

동시에 시한의 좌측으로 빠지며 몸을 낮춰 수면 차기를 시도한다. 예리한 킥이 시한의 양 발목을 노리고 날아들었다.

발을 교차하며 시한은 공격을 피해 옆으로 움직였다. 그 덕에 자세가 잠깐 무너졌다.

카렌은 그 틈을 놓치지 않았다.

무릎을 튕겨 허공으로 몸을 띄우며 순식간에 상대의 머리 위를 장악한다.

"하아압!"

풍차처럼 몸을 회전하며 그녀가 연거푸 발차기를 날렸다. 낡은 치맛자락이 찢어져 펄럭이며 그 사이로 가공할 공세가 쏟아져 나왔다.

미들 킥에서 하이 킥, 돌려차기와 니 킥이 콤비네이션이 되어 퍼부어진다. 첫 공세를 피해도 바로 다음, 그리고 또 다음 공격이 이어진다.

'역시 빨라!'

식은땀을 흘리며 시한은 계속 카렌의 킥을 피했다. 그리고 그녀의 호흡이 다하는 순간을 노려 반격에 나섰다.

"패왕기, 낭아!"

내려치기와 올려치기가 거의 동시에 날아들며, 늑대의 이빨처럼 허공의 카렌을 물어뜯으려 울부짖었다.

하지만 먹히지 않았다. 이미 카렌은 다음 동작으로 들어가고 있었다.

허공에서 공중제비를 넘어 낭아를 피한 뒤, 착지와 동시에 발을 구르며 앞으로 돌진한다. 대지를 밟는 기세를 그대로 허리를 통해 주먹으로 뻗어낸다.

"타앗!"

섬광 같은 스트레이트가 시한의 머리로 쏘아졌다. 허겁지겁 시한이 오른팔을 움츠려 방어 태세에 들어갔다.

사실 카렌의 주먹은 전혀 우악스럽지 않다. 겉보기엔 섬섬옥수, 물 한 번 묻혀 보지 않은 것 같은 곱디고운 손이다.

하지만 저 손에 죽어간 제국군의 숫자는 족히 네 자리에 달한다.

카렌의 정권이 강타했다. 대기가 찢어지며 굉음이 울려 퍼졌다. 시한이 수 미터 가까이 뒤로 밀려나며 신음을 흘렸다.

"크윽!"

어느새 입가에 가늘게 피가 흐르고 있었다. 제대로 방어했음에도 충격이 관통해 입안이 찢어진 것이다. 무시무시한 위력이었다.

카렌은 물러선 시한을 뒤쫓지 않았다. 그저 두 발을 넓게 벌린 채 자세를 낮추고, 오른 주먹을 내밀어 겨눌 뿐.

자세를 취하며 그녀가 비아냥을 건넸다.

"거리를 좁힌다고 달라지는 건 없어, 시한. 근접전이야말로 내 전문이거든?"

성시한에게도 익숙한 자세였다.

카렌 이나시우스의 주특기, 달의 신전에서 대대로 전해지는 맨손 격투술 리자테린의 기본세다.

입가의 피를 훔치며 시한이 중얼거렸다.

"실력은 여전하군, 카렌. 아니, 더 늘었나?"

카렌은 무심한 눈으로 자신의 오른손을 내려다보았다. 그녀의 냉소가 더욱 짙어졌다.

"너야말로 움직임이 좋아졌는데, 시한?"

방금 카렌의 공격을 막아낸 시한의 방어는 훌륭했다. 피할 수 없다는 걸 깨닫자마자 바로 자세를 바꿨고, 절묘한 몸놀림과 투기 운용으로 대부분의 파괴력을 흘려 버렸다.

"예전의 너였다면 이 정도로 세련되게 막진 못했을 텐데."

십 년 전의 성시한이었다면 분명 일격을 허용했을 것이다. 단지 당시 그의 투기량이 워낙 미친 듯이 높다 보니 맞아도 별 타격은 없었겠지만.

"고향에 돌아가서도 게으름 피우진 않았나 봐?"

태연하게 읊조리며 카렌이 양팔을 가볍게 흔들었다. 쇳소리와 함께 흑월의 사슬이 올올이 풀려져 나왔다.

검을 들어 겨누며 시한은 한숨을 쉬었다.

"하아……."

그리고 흔들리는 투기를 다잡으며 다시 질문을 던졌다.

"왜 날 배신한 거지?"

"어째서 뻔한 걸 궁금해하는 거야?"

어이없다는 표정으로 카렌이 콧방귀를 뀌었다.

"난 널 배신한 덕분에 한 나라를 손에 넣었어. 일국의 여왕이 되었지. 결과가 이토록 명확한데 무슨 다른 이유가 필요하다는 거지?"

"그래서……."

시한의 목소리가 날카로워졌다.

"…일국을 손에 넣은 대가가 고작 이런 시골구석에서 아이들이나 돌보는 삶이라고?"

"이건 어디까지나 휴가일 뿐이야. 여왕으로서 모든 것을 누리다가, 틈틈이 취미 생활도 즐기는 거지. 산해진미만 먹다 보면 가끔 길거리 조악한 음식도 먹고 싶어지잖아? 이게 뭐가 이상해?"

쐐기를 박는 듯한 잔혹한 목소리가 시한의 귓가를 찔러온다.

"아니면 네가 당한 배신에 좀 더 극적인 이유라도 있길 바란 거야?"

성시한의 안색이 굳었다.

어쩌면 카렌의 말이 맞는 걸지도 모른다.

누군가를 배신하는 데 엄청난 이유나 명분은 사실 필요 없을지도 모른다. 그저 탐욕 하나만으로 충분할지도 모른다.

문득 그는 깨달았다.

"그러고 보니 아까부터 계속 반말을 쓰는군, 카렌."

아스틴 어가 모국어가 아니다 보니 미처 느끼지 못했다. 그러나 일단 인식하고 나니 확실히 알 수 있다.

재회한 후 카렌은 한 번도 시한에게 존대한 적이 없었다. 과거의 그녀가 남녀노소를 불문하고 누구에게나 높임말을 쓰던 것과는 완전히 태도가 달랐다.

카렌이 눈을 가늘게 떴다.

"내 말투가 뭐 이상하기라도?"

"아니, 이상할 건 없지."

시한은 고개를 저었다.

"당신이 항상 상대를 존대한 것만은 아니었으니까."

어릴 적부터 신전에서 살았던 탓에 존대가 입에 붙었던 그녀라도 하대하는 경우는 있었다.

바로 상대가 자신의 적일 때.

루스클란 제국을 상대할 때만큼은 카렌도 결코 경의를 표하지 않았다.

"그렇군."

저 사실이 의미하는 바는 명확하다. 클레이모어를 고쳐 쥐며 시한이 침울한 표정을 지었다.

"지금의 난 확실히 당신의 적이구나, 카렌."

카렌이 두 주먹을 들어 올렸다. 주먹을 내밀어 자세를 취하는 것과 동시에, 바닥에 깔아놓았던 흑색 사슬이 뱀처럼 꿈틀거린다.

주위로 사슬의 장벽을 펼치며 그녀가 비릿하게 웃었다.

"이제 와서 과거의 우정 운운하는 순진한 소릴 하는 건 아니겠지?"

"그럴 리가?"

예상 밖의 상황 탓에 잠시 흔들렸다. 하지만 이제 정신이

들었다.

"그냥 후련해졌을 뿐이야."

자신은 배신당했다. 어떤 이유, 어떤 내막이 있더라도 이는 결코 변치 않는 진실이다.

그래서 복수를 위해, 과거를 매듭짓기 위해 돌아왔다.

'그렇다면 그대로 행할 뿐!'

손에 쥔 클레이모어가 찬란한 푸른빛을 발하기 시작했다. 만물을 베는 파괴의 빛, 투기강이다.

"카렌 이나시우스!"

빛의 칼날을 겨누며 시한이 살기를 터뜨렸다.

"배신의 대가를 치르게 해주지!"


일월성신의 프레이어들은 다양한 무기술을 익히며, 기본적으로 소드하이어와 무장이 그리 다르지 않다. 맨손 격투술은 전투에 약한 프린들이 호신용으로 익히는 것이지 실전용이 아니다.

그러나 카렌은 따로 무기술을 터득하지 않았다. 오직 달의 신전 전통 맨손 격투술, 리자테린만을 깊게 파고들었다.

그녀에겐 딱히 무기가 필요 없었으니까.

"흡!"

짧은 호흡을 흘리며 카렌이 앞으로 나섰다. 날카로운 옆차기가 성시한의 허리를 노렸다. 몸을 틀며 바로 시한이 공격을 피했다.

그 순간 옆차기의 기세를 살리며 팽이처럼 회전, 카렌의 뒤돌려차기가 시한의 관자놀이로 날아들었다. 눈 깜빡할 사이에 이루어진 연환 공격이었다.

피하기도 반격하기도 애매한 타이밍, 시한이 왼팔을 들어 공격을 막았다. 시한의 팔뚝과 카렌의 정강이가 충돌하며 펑 음을 터뜨렸다.

"크으……."

희미한 신음을 흘리며 시한이 인상을 썼다. 투기가 깃든 왼 팔이 저려왔다.

카렌의 모든 공격엔 무지막지한 신성력이 깃들어 있었다. 겉으론 그저 날씬하게만 보이는 미녀의 다리여도 그 속에 담긴 거력은 족히 천년 거석을 박살 낼 수 있는 것이다.

하지만 반대로 말하면, 시한은 천년 거석도 박살 낼 공격을 그냥 왼팔 하나로 막았다는 소리다.

별 타격을 받지 않은 얼굴로 시한이 패왕기를 거두었다. 그리고 투기술을 바꿨다.

"도룡기!"

6미터에 가까운, 검이라고 하기도 민망한 길이의 푸른빛의 칼날이 솟아났다.

'나쁘지 않군.'

꽤나 예전의 도룡기와 비슷한 수준까지 돌아온 것 같다.

속으로 중얼거리며 시한은 카렌과 3, 4미터 정도 거리를 벌렸다. 그녀의 손발이 미치지 않으며 자신의 검은 닿는 거리였다.

이내 푸른 투기강이 카렌을 향해 폭풍처럼 휘몰아쳤다. 시야를 뒤덮는 청광의 장막을 보며 그녀가 피식 웃었다.

"정석대로의 거리 조절이네. 하지만 나도 이런 상황엔 익숙하거든?"

무기가 없으면 사정거리에서 손해를 보는 법, 그래서 어떻게든 접근해 전투를 풀어가려는 것이 격투가의 기본 전술이다.

하지만 카렌은 군이 그런 위험을 감수할 필요가 없었다.

"청월의 사슬!"

그녀가 푸른 사슬을 구현해 쏘아냈다. 뇌격의 기운이 담긴 세 줄기 빛의 사슬이 시한의 상하를 동시에 휘감아갔다.

"쳇!"

시한이 잽싸게 몸을 뺐다. 덕분에 사슬에 휘감기는 건 막았지만 그것이 끝이 아니다. 푸른 전격이 사슬과 사슬 사이로 방전하기 시작했다.

파지지직!

사슬에 적중되지 않아도 사이의 뇌전만으로 몸이 마비된다. 피할 방법이 마땅치 않아 시한은 도룡기를 팔방으로 휘둘러댔다.

"타아아앗!"

청월의 사슬이 도룡기에 베여 허공에서 산산이 흩어졌다. 그 틈에 카렌이 몸을 날렸다.

"어차피 먹힐 거라 기대하지도 않았어."

청월의 사슬은 충분히 제 역할을 다 했다. 덕분에 간단히 거리를 좁힐 수 있었으니까.

접근한 카렌이 빗살 같은 권격을 쏟아내기 시작했다. 무수한 킥과 펀치가 시한의 빈틈을 바늘처럼 파고들었다.

정신없이 반격하며 시한이 혀를 내둘렀다.

'역시 까다롭군⋯⋯.'

카렌의 특기는 경지에 다다른 격투술뿐만이 아니다.

그녀의 신성술, '수면에 비친 달빛 사슬'은 최대 20미터까지 전개가 가능하며 그 위력 또한 투기강에 필적한다. 게다가 자신의 신체 일부처럼 자유자재로 움직일 수 있을 뿐만 아니라 다양한 속성을 부여해 마기언의 마법 같은 효과마저 줄 수 있다.

이 기술이 있는 한 카렌은 굳이 무기를 쓸 필요가 없는 것이다.

정확히는 무기라는 신외지물(身外之物)을 쓸 필요가 없다고 해야겠다. 수면에 비친 달빛 사슬은 따지고 보면 신내지물(?)이니까.

또한 맨손 격투의 연장선으로 사슬을 다룰 수 있으니 무기술 역시 익힐 필요가 없었다.

"이 정도론 날 쓰러뜨릴 수 없어, 시한!"

신성력의 사슬을 쏟아내며 카렌이 몸을 날렸다. 사슬 공격과 카렌의 육탄 돌격이 동시에 이루어지며 전후좌우에서 폭격이 쏟아졌다.

시한도 도룡기를 휘두르며 맞서나갔다.

"그렇다면 정공법으로 나가주지!"

달빛 사슬이 허공에서 춤을 춘다. 푸른 투기강이 빛의 장막을 드리우며 너울져 흔들린다.

때리고 휘두르고 올려치고 내려찍으며, 은빛의 권격이 시한의 빈틈을 쉴 새 없이 노려갔다.

거대한 빛의 칼날이 사방 십여 미터를 모조리 잠식하며 카렌을 향해 몰아쳤다.

연달아 붙고 떨어지기를 반복하며 두 사람은 공방을 주고받았다. 하지만 양쪽 모두 별 타격을 주진 못했다.

마치 환영이라도 된 듯 카렌은 절묘한 몸놀림으로 시한의 참격을 모조리 피해냈다. 시한 역시 모든 공격을 피하거나 비껴 내며 대부분의 충격을 흘려 버렸다.

그 덕에 인근 공터 일대만 박살 나고 있었다.

빗나간 은빛 신성력이 스치는 곳마다 아름드리 거목이 부러지고 뽑히며 녹색 이파리를 사방에 흩날린다. 푸른 투기의 빛이 내리쬐는 곳마다 바닥이 파헤쳐지고 황색 먼지 폭풍이 피어오르며 흙더미가 재가 되어 내린다.

요란한 폭음이 울리고 또 울려 퍼졌다.

콰콰콰콰쾅!

뒤늦게 공터에 도착한 제논이 그 광경을 지켜보며 입을 쩍 벌렸다.

"으아, 굉장하군! 저것이 혁명 7영웅의 진짜 실력인가?"

같은 혁명 7영웅, 젝센가드의 전투도 접했던 제논이다. 그러나 당시 젝센가드는 고룡잡이 덫에 의해 힘이 억제된 상태였다. 혁명 7영웅이 본격적으로 힘을 쓰는 모습은 처음 보는 것이다.

긴장 속에서 제논이 부러움을 담아 뇌까렸다.

"난 언제쯤 저런 경지에 오를 수 있을까……."

반면 알리타는 그리 놀란 얼굴이 아니었다. 차분하게 전투를 지켜보며 그녀가 고개를 갸웃거렸다.

"굉장하긴 한데……."

분명 굉장한 전투였다. 알리타 입장에선 둘 다 그녀와 같은 인간으로 보이지도 않았다.

하지만 그녀는 이미 성시한과 젝센가드의 전투를 한 번 지켜 본 바가 있다. 사방팔방으로 민폐를 끼쳐 가며 싸우는 건 마찬가진데, 어쩐지 규모가 좀 작았다.

'…젝센가드보다는 약한 거 같은데? 아직 본 실력을 드러내지 않은 건가?'

겉으론 성시한과 카렌, 두 사람이 호각을 이루는 것처럼 보인다. 하지만 잘 보면 불리한 것은 카렌 쪽이었다.

카렌은 정교한 몸놀림으로 시한의 공격을 철저하게 피하고 있었다. 반면 성시한은 카렌의 공격을 전부 흘리지 못하고 조금씩 타격을 허용한다.

단지 얻어맞아도 별 충격이 없다. 패왕기를 파천기와 도룡기로 바꾼 후 육체 방어도가 확 늘어나 버린 탓이다. 실제로는 카렌 쪽이 더 기력 소모가 크다.

과연, 시간이 흐르자 조금씩 카렌이 밀리기 시작했다. 뒤로 물러서며 그녀가 감탄을 흘렸다.

"진짜 실력 많이 늘었네? 예전의 넌 투기량 말고는 자랑할 게 없었는데."

그리고 실소하며 말을 덧붙였다.

"하긴, 그거 하나면 충분하고도 남았지만."

이계구원자 시절의 성시한은 상대의 공격에 정면으로 맞붙었다. 강한 공격에, 그 이상으로 강력한 투기를 끌어내 반격하곤 했다.

반면 지금은 훨씬 공방이 자연스럽다. 당시 투기량의 반의반도 채 쓰지 않으면서, 효율적인 투기 운용과 세련된 기술만으로 카렌의 공격을 모조리 감당하고 있는 것이다.

도룡기를 겨눈 채 시한이 차가운 목소리로 대꾸했다.

"십 년은 절대 짧은 시간이 아니지."

그 눈동자에 더 이상의 흔들림은 없었다. 눈앞의 '적'을 해치우겠다는 투지와 분노만이 가득하다.

카렌이 고개를 끄덕였다.

"그래, 십 년은 복수의 칼날을 예리하게 세우기에 충분한 세월이지……."

그녀가 자신의 옷차림을 내려다보았다.

수수한 상의와 치마는 현재 걸레가 되어 있었다. 이리저리 찢어져 너덜너덜하다.

시한의 공격 때문만은 아니었다. 카렌의 가공할 몸놀림에 평범한 옷감이 버티질 못한 것이다.

갑자기 카렌이 치맛자락을 움켜쥐었다.

"천하의 이계구원자가 상대인데……."

그리고 그대로 부욱 찢었다.

"…이런 차림으론 예의가 아니겠지?"

발목까지 내려오던 치마가 절반 이상 찢기며 건강미 넘치는 날씬한 두 다리가 노골적으로 드러났다.

보고 있던 제논과 알리타가 기겁했다.

"캑!"

"어, 어머나?"

찢어진 카렌의 치마는 한국식으로 표현하자면 무릎 위 20㎝, 그야말로 하의 실종에 가까운 상태였다. 종아리와 무릎은 물론, 새하얀 허벅지 위쪽마저도 보일 지경이다.

게다가 그것이 끝이 아니다.

치마론 모자랐는지 카렌이 신발마저 벗어 던졌다. 새하얀 맨발로 땅을 디디며 가볍게 양팔을 떤다.

퍼엉!

짧은 폭음과 함께 그녀의 상의 자락이 어깻죽지부터 터졌다. 맨살의 팔다리가 햇살 아래 노골적으로 비쳤다.

완전히 드러낸 순백의 사지, 추레한 시골 처녀가 사라지고 마치 남자를 유혹하는 창부 같은 모습이 되었다.

"저게 무슨 꼴이야? 저런 부끄러운 차림이 예의일 리가 없잖아!"

흥분한 얼굴로 알리타가 분노를 터뜨렸다.

전설의 영웅 주제에 왜 저런 남세스런 짓을? 설마 미인계? 그렇군! 저 늘씬한 다리로 시한을 꼬시려는 셈이로구나!

"…왜 그렇게 흥분하는 건가, 알리타?"

황당해하며 제논이 그녀를 돌아보았다. 알리타가 앙칼지게 대꾸했다.

"같은 여자로서 당연히 흥분해야죠!"

"…그런가?"

뭔가 그 이유만은 아닌 것 같은데 딱히 짚어내질 못하겠다. 그러려니 하고 제논은 다시 전장으로 시선을 돌렸다.

하여튼 참으로 당황스럽고 민망한 모습이었다. 보고 있던 제논과 알리타가 눈 둘 곳을 못 찾을 정도로.

그러나 정작 성시한과 카렌은 태연했다.

아니, 오히려 시한은 더욱 긴장하며 안색을 굳히고 있었다.

"…슬슬 본격적으로 나올 셈인가?"

양팔을 들어 올리며 그녀가 눈웃음을 쳤다.

"상대가 너니까, 시한."

왼발로 땅을 박차며 카렌이 시한을 향해 돌진했다.

도룡기를 휘두르며 시한도 맞서 공세를 펼쳤다. 길이 6미터의 푸른 투기강이 카렌의 좌우로 쇄도했다.

말이 좋아 6미터지, 저 길이면 족히 건물 2층 높이 이상이다. 칼 쥔 손목을 까닥거리기만 해도 칼끝의 움직임은 십여 미터에 달한다.

카렌 주위를 모조리 에워싸며 시한은 섬전 같은 참격을 연

달아 날렸다. 빛의 칼날이 거의 동시에 그녀의 사방을 노리고
날아들었다.

돌진하던 카렌이 팔다리를 통해 검은 사슬을 구현시켰다.

"흑월의 사슬!"

사슬이 그녀를 감싸 쏟아지는 공세를 모조리 막아냈다. 그
덕에 흑빛 사슬도 산산조각으로 깨지긴 했지만, 이미 카렌은
시한의 코앞까지 당도한 후였다.

"타앗!"

날카로운 기합을 터뜨리며 카렌이 연환각을 날렸다. 상단
회축에서 미들 킥과 로우 킥으로 이어지는 상중하 콤비네이션
이다. 상단과 중단까진 피했지만 로우 킥이 허벅지를 때리는
건 시한도 미처 막지 못했다.

쾅!

가격 순간 굉음이 울렸다. 몸을 보호하고 있던 파천기가 일
순 깨지며 눈부신 빛과 파문이 사방으로 퍼졌다.

충격에 흔들리며 시한이 신음을 흘렸다.

"큭!"

지켜보고 있던 제논과 알리타가 놀라 눈을 크게 떴다.

"어라?"

"어째서? 그냥 신발을 벗고 맨발로 때렸을 뿐인데?

정말 저 민망한 차림을 하더니 파괴력이 급증했다?

정타를 먹인 카렌이 바로 뒤로 빠졌다. 자세를 바로잡으며 시한이 쓴웃음을 지었다.

"과연, 아까와는 위력이 전혀 다르군."

처음부터 그는 야한 생각 따윈 전혀 떠올리지 않았다. 어차피 십여 년 전엔 지겹게 보던 모습이었으니까.

맨살을 여지없이 드러낸 저 옷차림이야말로 혁명 7영웅의 일원, 불사의 마녀 카렌 이나시우스가 최대의 전투력을 발하는 상태인 것이다.


카렌이 연달아 펀치를 뻗어냈다.

어떤 무장도 걸치지 않은 맨주먹인데 일권을 내지를 때마다 대기가 밀려나며 파공음이 울렸다. 마치 보이지 않는 대포라도 발사하는 듯한 기세였다.

계속 시한을 밀어붙이며 그녀가 개운해하는 표정을 지었다.

"거추장스러운 게 없으니 확실히 편하네."

원래부터 카렌은 여타 프레이어처럼 특별한 무장을 갖추지 않았다.

수면에 비친 달빛 사슬만으로도 무기의 이점은 충분했다. 강력한 재생력과 신성력의 가호 덕분에 갑옷조차도 불필요했다.

정확히 말하면 갑옷은 불필요한 정도가 아니라 방해물일 뿐이었다.

프레이어는 자신의 신성력으로 육체 능력을 강화하고 무기나 갑옷에 신성한 빛을 덧씌워 전투에 임한다. 기본적으로 소드하이어의 투기술과 용법에서는 큰 차이가 없다.

반면 프린은 보다 직접적으로 신성술을 구사한다. 상대에게 바로 신성력을 부여해 치유와 회복을 거는 식이다.

그리고 그 행위는 맨손일 때 가장 효력이 크다. 장갑을 낀 채 환부를 어루만지거나 하면 치유술의 효력은 크게 급감한다.

단순히 신성력이 장갑에 가로막혀 약해진다거나 해서가 아니었다. 그보다는 일종의 종교적 의식에 가까웠다.

환자의 옷이나 상처가 더럽다며 장갑을 낀 채 치유하는 성직자를 떠올려 보라. 척 봐도 왠지 성직자 자격이 없어 보이지 않은가?

물론 지구라면 맨손으로 저딴 짓하다가 감염 때문에 상처가 악화될 뿐이겠지. 그러나 테라노어는 종교적 의식이 그대로 현실의 기적이 되는 세계다. 그래서 테라노어의 프린들은 반드시 맨손으로 치유술을 펼쳐야만 했다.

프린과 프레이어의 능력을 동시에 지닌 카렌 이나시우스.

그녀는 프레이어의 파괴술을 프린의 치유술처럼 쓸 수가 있었다.

　단순히 육체를 강화하고 힘을 덧씌우는 수준을 떠나, 직접적으로 상대를 파괴하는 신성술을 구사할 수 있다는 의미다. 그리고 그 파괴의 힘은 치유술과 마찬가지로 맨손일 때 가장 극대화된다.

　쉽게 말해서, 카렌은 맨살로 타격하는 쪽이 가장 파괴력이 큰 것이다.

　"타앗!"

　기합을 내지르며 카렌은 팔꿈치로 시한의 관자놀이를 노렸다. 시한이 재빨리 투기강을 휘둘러 반격했다.

　그러자 카렌이 자세를 바꾸며 팔을 거두고 대신 무릎으로 시한의 턱을 강타했다.

　펵!

　둔탁한 폭음과 함께 시한이 뒤로 물러났다. 다행히 잽싸게 손을 끼워 직격은 막았지만 그렇다고 충격이 없을 순 없었다. 치마를 입은 채 날렸던 니 킥과는 파괴력이 천양지차였다.

　"아으, 아프네……."

　막은 부위가 욱신거린다. 시한이 인상을 쓰며 투덜댔다.

　"전부터 이상했어. 맨손이야 그렇다 치고 대체 팔꿈치랑 무릎이 성직자다움과 무슨 관계가 있다는 거야?"

　설마 맨팔꿈치(?)와 맨무릎(?)으로 상대를 치유하는 프린이 있을 리 없잖아? 무슨 전신 마사지도 아니고…….

"그야 의식의 요체는 맨살을 맞대는 걸 꺼리지 않는 마음가짐이니까."

싸늘하게 웃으며 카렌이 말을 이었다.

"어차피 나야 돌연변이인걸? 크론 리자테께서도 나 같은 경우가 생길 줄은 모르셨겠지."

말을 주고받는 동안에도 그녀의 손발은 쉬지 않았다.

마음껏 전력을 다해 펀치와 킥을 날린다. 그때마다 드러난 피부를 통해 은빛의 신성력이 전해지고 가공할 파괴력으로 변한다.

시한도 침착하게 도룡기를 휘둘러 반격에 나섰다. 하지만 쉽게 승기를 잡을 수 없었다.

자그마치 6미터 길이의 무지막지한 투기강이라도 어차피 카렌은 그와 손발이 닿을 거리에서 싸우고 있었다. 이 거리라면 칼날이 6미터가 아니라 60미터라도 별 의미가 없다.

무시무시한 몸놀림에 본격적으로 날린 권격의 파괴력은 파천기의 방어조차도 부술 정도. 어찌어찌 거리를 벌린다 해서 유리해지는 것도 아니다. 바로 달빛 사슬로 상황을 조절하며 다시 거리를 좁혀 온다.

전투를 이어가며 시한은 속으로 혀를 내둘렀다.

'강해졌을 거라곤 생각했지만 이 정도일 줄은…….'

십여 년 전의 카렌은 분명 젝센가드보다 밑이었다. 하지만 지금은 아무리 봐도 위다. 지난 세월 동안 결코 수행을 게을리하지 않은 듯하다.

'이젠 젝센가드와 붙어도 카렌이 이기겠는데?'

*　　　　*　　　　*

두 혁명 영웅이 맞붙은 숲 속의 작은 공터.

그곳은 어느새 장대한 폐허가 되어 있었다.

대규모 벌목이라도 행해진 것처럼 사방에 부러진 나무등치와 뿌리째 뽑힌 거목들이 즐비하다. 대지는 어찌나 갈아엎었는지, 씨앗만 뿌리면 풍작을 기대할 수 있을 정도다.

요란한 파괴의 춤을 추며 성시한과 카렌 이나시우스는 계속 격전을 벌였다.

은색의 성광과 푸른 투기강이 교차할 때마다 폭발이 일어나 하늘을 뒤흔들었다. 인간의 손으로 빚어진 뇌성이 수 킬로미터 너머까지 울려 퍼졌다.

콰콰콰쾅!

소란 피우지 않으려고 이 공터를 고른 의미가 무색할 지경이었다. 실제로 글람 마을 주민들은 이게 웬 마른하늘에 날벼락이냐며 황당해하고 있었다.

물론 카렌도 시한도 저런 '사소한' 부분은 전혀 신경 쓰지 않았다.

"타아아앗!"

기합을 길게 흘리며 카렌은 쉴 새 없이 시한을 밀어붙였다. 은빛 사슬로 상황을 주도하며 경지에 오른 격투술로 철저하게 상대의 빈틈을 노려온다.

성시한도 연달아 투기술을 바꾸며 대응에 나섰다. 상황에 따라 패왕기, 혹은 파천기와 도룡기를 운용하며 침착하게 공방을 주고받는다.

검을 휘두르며 시한은 혀를 찼다.

'정말 강해졌군, 카렌.'

현재 시한은 자신의 기량을 숨기고 있지 않았다. 젝센가드를 압도했던 바로 그때처럼, 전신 투기를 모두 끌어내 도룡기와 패왕기를 운용하고 있었다.

그런데도 밀리지 않는 것이 고작이다. 본색을 드러낸 불사의 마녀는 명백히 대지파괴자보다 윗줄의 강자였다.

하지만 그렇다고 딱히 초조해하고 있지도 않았다.

'…딱 예상했던 것만큼 강해졌어.'

결코 몰리고 있는 자의 표정이 아니었다. 그보다는 뭔가를 낱낱이 파헤치려는 듯한 시선이었다.

카렌 역시 그 사실을 느끼고 있었다.

"언제까지 간만 볼 셈이야, 시한?"

싸늘한 말을 건네며 그녀가 양팔을 휘둘렀다. 적월과 청월, 백월의 사슬이 무려 열두 줄기나 구현되어 쏘아졌다. 화염과 뇌전, 냉기의 힘이 무수한 사슬비가 되어 뻗어갔다.

투기강만으로 저 공격을 모두 막긴 힘들다. 한 발자국 뒤로 물러서며 시한이 발을 굴렀다.

"투기진, 극광!"

거대한 빛의 문양이 대지 위에 아로새겨졌다. 푸른빛의 장막이 허공에 너울거리며 날아오는 달빛 사슬들을 모조리 뒤덮었다.

극지의 빛, 오로라의 형상을 띤 이 빛의 장막은 비단보다 부드럽고 강철보다 단단하며 감싸는 모든 것을 부숴 버리는 파괴의 권능이다. 아무리 투기강과 필적하는 달빛 사슬이라도 저걸 감당하긴 힘들다.

과연, 모든 공격이 허공에서 이슬처럼 녹아내렸다.

"어머, 극광? 오랜만에 보네."

정작 카렌은 사슬이 녹든 말든 전혀 신경 쓰지 않는 듯했지만.

비릿하게 웃으며 그녀가 몸을 날렸다. 그리고 너울거리는 빛의 장막에 그대로 펀치를 내리꽂았다.

콰콰콰콰!

파문이 터지며 겹쳐진 극광의 빛이 박살 나 흩어지기 시작했다. 달빛 사슬보다도 그녀의 맨주먹이 훨씬 강력한 것이다.

"쳇!"

혀를 차며 시한이 한 번 더 발을 굴렀다. 투기진이 변화하며 빛의 장막이 탄성을 띠어 카렌의 펀치를 받아냈다.

우우웅!

마치 고무판에 주먹을 날린 것처럼 장막이 크게 구부러진다. 하지만 뚫리진 않았다.

카렌이 도로 뒤로 물러났다. 그리고 혀를 내둘렀다.

"와, 진짜 섬세한 투기 운용인데? 이젠 이런 것도 할 수 있어?"

투기진의 위력 자체는 분명 예전만 못하다. 지금 시한은 초인급 수준의 투기량만을 사용해 그녀를 상대하고 있으니까.

그럼에도 카렌은 결국 뚫지 못했다. 예전에 비하면 훨씬 적은 투기량으로 이루어진 빛의 장막을.

십여 년 전과 달리 이젠 기술 면에서도 결코 혁명 7영웅의 아래가 아니다!

"…더 이상 투기량밖에 없다며 구박도 못 하겠네."

감탄을 숨기지 않은 채 카렌은 고개를 절레절레 저었다. 그러더니 이내 눈을 가늘게 뜨며 섬뜩한 안광을 빛냈다.

"슬슬 전력을 드러내는 게 어때?"

지금껏 성시한은 진짜 능력을 전혀 보이지 않았다. 이계구원자 시절의 진정한 힘은 하나도 꺼내지 않고 딱 초인급 소드하이어로서만 싸우는 중이다.

그녀는 나름대로 그 이유를 짐작하고 있었다.

"이 정도면 지난 십 년에 대한 어필은 충분히 했잖아?"

성시한은 헛웃음을 흘렸다.

"…그런 식으로 오해하고 있었던 거야?"

아무래도 카렌은 시한이 지난 십 년간 얼마나 복수의 칼을 갈며 절치부심했는지 알리고자 일부러 투기량을 조절한 채 싸우는 중이라 여긴 듯했다.

과거의 이계구원자를 기억하는 그녀에겐 당연한 추측이었다.

"그게 아니면? 고작 이게 네 전력일 리가 없잖아?"

눈살을 찌푸리며 카렌이 말을 이었다.

"설마 밀리는 척하면서 내게 뭔가 캐낼 생각은 아니겠지? 그런 짓에 속을 정도로 멍청한 인간은 젝센가드뿐일걸?"

"안 그래도 젝센가드에겐 잘 먹혔어."

시한이 어깨를 으쓱였다. 멍한 표정을 짓더니 카렌이 풉 하고 웃었다. 그리고 이내 표정을 굳혔다.

"…역시 젝센가드를 처리한 건 시한 너였구나. 하기야 그 인간 성격에 갑자기 퇴위할 리가 없지."

"그 사실을 알고 있다는 건, 이런 곳에 머물고 있어도 여왕으로서의 정보는 모두 입수하고 있었다는 의미군."

"감이 좋아졌네? 전에는 이 정도로 머리가 돌아가지 않았었는데."

"뒤통수 호되게 처맞고 성능이 올라갔나 보지!"

말하다 말고 갑자기 시한이 몸을 날렸다. 심적인 빈틈을 노려 바로 도룡기를 전개, 그리고 크게 올려 벤다!

"타앗!"

수 미터 길이의 도룡기를 2미터가 채 안 되는 인간의 몸으로 올려쳤다. 당연히 투기강이 대지까지 가르며 흙더미를 퍼올렸다.

순간적으로 흙먼지가 카렌의 시야를 감쌌다.

"파천기, 유성우!"

수십 줄기의 투기강이 투창이 되어 날아들었다. 미처 피할 틈이 없는 절묘한 공격이었다. 빛의 창이 순식간에 카렌의 전신을 꿰뚫었다.

아름다운 여인의 육신에 수십 개의 구멍이 뚫리고 피가 분수처럼 터져 나왔다.

"으윽!"

신음하며 카렌이 뒷걸음질을 쳤다. 하지만 그녀는 쓰러지지 않았다.

전신에 구멍이 숭숭 뚫린 끔찍한 모습으로, 머리를 쓸어 올리며 피식 웃어 보인다.

"여전히 기습을 좋아하는구나?"

모든 상처가 고속으로 아물기 시작한다. 흐른 피가 역류하며 체내로 돌아가고 몇 초 지나지도 않아 치명상이었던 모든 관통상이 흔적을 감춘다.

순식간에 카렌은 원래의 말끔한 모습으로 돌아왔다. 옷 위로 뚫린 구멍과 희미하게 남은 혈흔을 제외하면, 아예 상처를 입은 적도 없는 것처럼 보였다.

시한이 혀를 내둘렀다.

"여전히 무지막지한 재생력이군. 젝센가드는 이거 한 방으로 끝장을 봤는데."

아니, 예전보다 재생 속도가 더 빨라진 것 같다. 혁명전쟁 시절엔 저렇게까지 빠르게 상처를 치유하진 못했다.

목을 매만지며 카렌이 어이없다는 듯 뇌까렸다.

"이 정도에 젝센가드가 당했단 말이야? 정말 십 년 전에 비해 하나도 안 늘었나 보군."

"그 인간, 정말 놀고먹기만 한 모양이더라고."

시한의 대꾸에 카렌이 야릇한 미소를 지으며 반문했다.

"하지만 난 젝센가드만큼 배짱 좋은 바보는 못 되거든?"

젝센가드와 달리 그녀는 성시한이 돌아올 거라 예상하고

있었다.

"천하의 이계구원자가 복수의 칼을 갈고 있는데, 어찌 게으름을 피우겠어?"

카렌이 주먹을 말아 쥐며 자세를 취했다. 날카로운 눈빛을 발하며 그녀가 소리쳤다.

"이제 전력을 다해! 플로어 마스터의, 무신급 소드하이어의 그 강대한 힘을 쓰란 말이야!"

"아, 그게……."

멋쩍어 하며 시한이 딴청을 피웠다.

"살짝 개인적인 사정이 있어서 말이지……."

"뭐?"

카렌은 눈을 깜빡였다.

"차원을 넘는 바람에 투기고 마력이고 죄다 날려먹었다고?"

"저기, 다 날려먹은 건 아니고 많이 회복은 했는데……."

변명하듯 성시한이 중얼거렸다.

그녀는 그야말로 노골적으로 실망하고 있었다. 오죽하면 보는 입장에서 죄책감마저 들 지경이다.

'…이게 아닌데?'

뭐랄까, 주식 투자하다 다 날려먹고 마누라 앞에서 변명하는 남편이 된 기분이랄까?

'잠깐, 내가 변명해야 할 이유가 없잖아?'

예전부터 그녀는 모두의 누나이자 어머니 같은 존재였다. 그렇다 보니 무심코 분위기에 휘말려버렸다.

"비록 완전히 회복한 건 아니지만……."

재차 시한이 안색을 굳혔다.

"지금이라도 너 하나쯤 처리하는 건 아무 문제 없어, 카렌."

카렌도 이내 싸늘한 얼굴로 돌아왔다.

"상관없어, 시한. 어차피 결과가 바뀌진 않을 테니까."

침착한 얼굴로 시한은 눈앞의 미녀를 노려보았다.

그녀의 현재 실력은 충분히 파악했다. 그리고 변수까지 고려해 해답을 내놓았다.

"강해지긴 했지만 그래도 예상했던 수준이었어. 이 정도면 충분해."

시한의 전신에서 흐르던 푸른빛이 점점 변색되기 시작했다.

"이제 끝을 보겠어."

육체를 감싼 검푸른 기류가 일렁이며 살기와 뒤섞여 피어오른다. 그 어둠의 투기를 알아본 카렌이 빙그레 웃었다.

"이제야 '그걸' 꺼내 드는 거야?"

명실 공히 테라노어 최강의 프린이자 프레이어, 달의 여교황 카렌 이나시우스.

그녀를 상대하는 제일 좋은 투기술은 파천기도 도룡기도

패왕기도 아니다.

성시한이 전신의 투기를 안개처럼 사방으로 퍼뜨렸다.

"혼천기!"

파천기와 도룡기, 패왕기는 투기의 흐름이 달라도 형태가 대동소이하다. 경지에 오른 저 투기술들은 모두 선명한 창천의 빛으로 나타난다.

하지만 혼천기는 달랐다.

성시한의 전신으로 검은 연기가 피어오르고 있었다. 암흑의 기류가 너울거리며 바닥에 깔려 서서히 영역을 넓힌다.

단순히 색만 검은 것이 아니었다.

저 검은 투기를 지켜보는 것만으로 본능적인 공포가 느껴진다. 지옥의 악마가 토해낸 숨결이 저런 느낌일까?

멀리서 지켜보던 알리타가 자기도 모르게 중얼거렸다.

"시한이 더 악당 같아……."

성스러운 은빛으로 전신을 감싼 카렌과 비교하니 더더욱 그렇게 보였다. 성시한을 숭배하는 제논조차도 무심코 고개를 끄덕였다.

"화, 확실히……."

둘의 대화를 용케 듣고 카렌이 피식 웃었다.

"여전히 사람들 반응이 안 좋네."

발끈하며 시한이 투덜거렸다.

"어쩔 수 없잖아! 혼천기가 원래 그런 투기술인데."

성직자가 구사하는 신성술은 신의 힘, 성스러운 기적이다. 그리고 그 성직자가 타락했다 해서 그 성스러운 기운이 반전하거나 하는 것은 아니다.

혼천기는 성광을 억누르는 힘, 그렇다 보니 자연스레 역천의 기운이 담길 수밖에 없다. 그냥 속성의 문제인 것이다.

"애초에 기운 자체에 선악이 어디 있어? 그런 식으로 따질 거면 먹구름은 악이고, 푸른 하늘은 선이냐?"

구시렁대며 시한은 혼천기를 클레이모어로 불어넣었다. 칼날이 검게 물들며 흑색의 투기강으로 화했다.

두 사람을 중심으로 은색의 빛과 짙은 어둠이 퍼져 간다. 두 기류가 영역을 장악하며 힘 싸움을 시작한다. 점점 살기가 고조된다.

누가 먼저랄 것도 없이 둘은 동시에 몸을 날렸다.

카렌이 선공을 가했다. 연신 펀치와 킥을 날리며 한 줄기 폭풍이 되어 시한을 향해 휘몰아친다.

"혼천기를 내가 모를 것 같아? 이 정도론 날 죽일 수 없어, 시한!"

"과연 그럴까?"

싸늘한 조소와 함께 시한이 혼천의 기운을 끌어올렸다. 검을 횡으로 휘두르며 탁한 어둠을 뿜어낸다.

"혼천기, 어스름!"

새까만 뭉게구름이 피어나 카렌의 머리 위를 뒤덮었다. 그녀가 오른손을 쳐들었다.

"백월의 사슬!"

쏘아진 신성의 사슬이 먹구름을 꿰뚫었다. 그대로 카렌은 팔을 흔들었다. 사슬을 통해 신성력을 떨쳐 구름을 흩어버리려는 속셈이었다.

그런데 그게 쉽지가 않았다.

오히려 사슬이 먹구름에 사로잡혀 버렸다. 그걸로 끝이 아니라, 어둠에 오염되며 검은 기류가 역으로 그녀를 향해 몰려온다!

'아니?!'

황급히 카렌은 달빛 사슬을 버렸다. 그 틈에 시한이 파고들어 참격을 날리기 시작했다.

"타아아앗!"

사방에서 칼날의 폭우가 쏟아졌다. 일검, 일검마다 어둠이 따라오며 카렌의 성광을 갉아먹기 시작했다. 그녀의 표정이 굳어갔다.

'이, 이건······.'

일격에 그녀의 성광이 박살 나는 것은 아니다. 분명 시한의 혼천기와 맞상대하며 잘 버티고 있다. 아니, 그렇다고 생각했다.

그런데 공방을 주고받으며 시간이 흐를수록 착각임을 깨닫게 된다.

'혼천기는… 이런 식이 아니었는데!?'

해일처럼 일거에 모든 것을 덮어버리는 과거의 혼천기가 아니었다. 천천히, 마치 가랑비에 옷이 젖듯 느리지만 확실하게 그녀의 신성력을 억제하고 있다!

"크윽!"

카렌의 표정이 다급해졌다.

신성력이 억제된다는 것은 단순히 신성술의 위력이 떨어지는 것만을 뜻하지 않는다. 신성력의 하락은 곧 '신의 도구'인 성직자 자체가 억눌러진다는 의미!

"느려졌어, 카렌!"

회심의 미소와 함께 시한의 검은 투기강이 카렌의 허벅지를 스치고 지나갔다. 피를 뿌리며 그녀는 잠시 비틀거렸다.

바로 치유술을 발동시켰지만……

'회복이 더뎌.'

상처가 서서히 아문다. 평소처럼 순식간에 상처를 지울 수가 없다.

전투가 이어졌다. 점점 카렌의 전신에 상처가 늘어갔다.

그녀의 실력은 여전하다. 여전히 경지에 이른 절묘한 격투술을 펼치고 있다.

하지만 그 기반이 되는 육체 능력 자체가 점점 하락한다. 그로 인해 점차 상처가 늘어나고, 또 늘어난 상처가 바로 아물지 않으니 더더욱 체력이 떨어진다.

악순환의 연속이었다.

결국 카렌이 치명적인 일격을 허용했다. 미처 피하지 못한 칼날이 오른팔을 그대로 베어낸 것이다.

"윽!"

잘린 팔뚝이 피를 뿌리며 날아갔다. 고통으로 얼굴을 찡그리며 카렌은 정신없이 뒷걸음질을 쳤다.

그러나 그 와중에도 베테랑답게 그냥 당하진 않았다.

"적월의 사슬!"

쫓아오는 시한을 향해 십여 줄기의 화염 사슬이 쏟아졌다. 바로 시한도 방어 자세를 취해 사슬을 모조리 베어냈다.

달빛 사슬이 어둠에 물들어 사방으로 흩어졌다. 사슬에 부여한 방대한 신성력도 모두 사방으로 흩어졌다.

하지만 그 덕분에 카렌은 한 호흡 돌릴 여유를 얻었다.

그녀가 재빨리 날아간 팔뚝으로 작은 사슬을 쏘아냈다. 사슬이 팔뚝을 휘감아 도로 끌고 왔다. 잘린 상처 부위가 맞붙고 무서운 속도로 재생을 시작했다.

고작 몇 초 만에 카렌은 잘린 팔을 도로 붙였다. 시한이 혀를 내둘렀다.

"맙소사, 혼천기에 오염되고도 그 정도 재생이 가능한 거야?"

손가락을 움직이며 카렌이 식은땀을 흘렸다.

일단 팔은 도로 붙었지만 감각이 둔했다. 손가락도 제대로 움직이지 않았다. 아릿한 통증이 계속 느껴졌다.

"…혼천기에 이런 용법이 있었어?"

"십 년 전엔 없었지. 하지만 나도 놀고만 있진 않았거든?"

과거 이계구원자의 혼천기는 거대한 압력이었다. 일거에 상대의 신성력을 짓누르고 무력화시키는 폭풍이었다.

하지만 지금은 다르다. 마치 비를 동반한 먹구름과도 같다.

설사 직격을 피한다 해도 흩날리는 가랑비처럼 서서히 옷깃을 적신다. 그리고 한 번 젖어버린 옷깃은 아무리 닦아도 바로 마르지 않는다.

카렌은 저런 식으로 전개되는 수법을 알고 있었다.

"이건 마치… 내 플레이그 블레스(plague bless) 같잖아?"

"맞아, 카렌."

시한은 대꾸했다.

"당신의 신성술, 질병의 축복에서 영감을 얻었지."

원래 카렌 이나시우스의 순수한 전투력은 다른 혁명 영웅들에 비해 꽤 낮은 편이었다.

소드하이어와 프레이어는 경지를 재는 척도가 서로 다르니 아주 들어맞는다고 할 수는 없겠지만, 격투 능력만을 상정하면 기껏해야 달인급의 극에 달한 수준이었다.

그럼에도 카렌은 저들과 어깨를 나란히 할 수 있었다. 그녀만의 비술, 플레이그 블레스 덕분이었다.

플레이그 블레스(plague bless).

질병의 축복이라는 이 명칭은 일견 앞뒤가 안 맞는 것처럼 보인다. 차라리 질병의 저주란 이름이 더 어울리겠지.

이는 단순히 비아냥이나 모순을 담은 명칭이 아니었다.

말 그대로, 진짜 축복이었다.

병마를 치료하는 신성한 프린의 축복. 카렌은 그것을 프레이어의 파괴술과 융합해 온갖 질병을 감염시키는 방식으로 바꿨다.

실로 끔찍한 저주였지만 그럼에도 그 발동 원리는 여전히 축복이다.

차라리 저주라면 어떻게든 대항하거나 파훼할 수 있을 것이다. 온갖 저주를 상대하는 수법은 테라노어에서도 충분히 발전해왔으니까.

하지만 어느 누구도 신의 축복에 대항할 생각 따위 하지 않는 것이다. 무엇하러 그런 불필요한 방식을 떠올리겠는가?

그렇기에 플레이그 블레스는 막지도 피하지도 못한다.

마음만 먹으면 무조건 상대를 질병에 걸리게 할 수 있다.

약자라면 그 자체로도 죽음에 이르게 될 것이고, 강자라도 전투력에 심각한 손상을 입게 된다.

그래서 왕년의 카렌은 달인급과 비견될 실력으로도 초인급에 필적하는 강자로 군림할 수 있었다. 그녀를 상대하는 초인급 소드하이어들이 죄다 병마에 시달려 달인급으로 훅 떨어져 버렸으니까.

"그런 기막힌 수법을 알고 있는데, 써먹지 않을 이유가 없잖아?"

카렌을 바라보며 시한이 능글맞게 웃었다.

개조한 혼천기는 플레이그 블레스의 발동 원리 중 '축복'에 관련된 부분, 신성력의 침투와 융합 부분을 참조한 방식이었다. 마찬가지로 피할 수도, 막을 수도 없다!

"타앗!"

카렌이 다시 몸을 날렸다.

기합과 함께 시한의 측면에 킥을 날린다. 그러나 아까보다 월등히 스피드가 떨어져 있다. 그녀의 신성력을 혼천기가 좀 먹으며 신체 능력까지 하강시킨 것이다.

"느려."

짧게 뇌까리며 시한은 간단히 공격을 피했다. 그리고 가볍게 일검을 뻗었다. 카렌의 어깨가 찢어지며 핏물이 솟구쳤다.

"크윽!"

물러서며 카렌은 어깨를 재생했다. 서서히 상처가 아물어 갔다. 하지만 여전히 핏물의 흔적이 남아 있었다.

'치유력이 이렇게까지 떨어졌나?'

몸 상태를 살피며 그녀는 안색을 굳혔다. 검게 물든 대검을 든 채 시한이 천천히 걸음을 옮겼다.

"분명 강해지긴 했어, 카렌. 순수한 격투 능력만으로도 이미 초인급이야. 예전의 젝센가드나 테오란트보단 확실히 세던데?"

거기에 그녀 특유의 무지막지한 재생력과 지구력, 범용성 높은 신성술까지 포함한다면 충분히 이계구원자 시절의 성시한과도 자웅을 겨룰 수 있었을 것이다.

당시 시한이 무신급이긴 했지만 기술적인 면에선 상당히 떨어지는 편이었고, 체술의 극한에 다다른 카렌에겐 상성상 유리한 점이 많았으니까.

"그러니 충분히 승산이 있다고 여겼겠지?"

유쾌한 듯 시한이 키득거렸다. 카렌이 나직하게 물었다.

"…내 플레이그 블레스는 예전부터 알고 있었잖아? 왜 그땐 이 수법을 개발하지 않았지?"

"그럴 필요가 없었으니까."

시한이 어깨를 으쓱였다.

"당시 제국 측 일월성신의 프레이어 중에 혼천기를 발전시켜야 할 정도로 강한 자가 있었어?"

심지어 혁명전쟁 말기쯤 되면 혼천기는 실전에서 쓰지도 않았다. 패왕기나 파천기만으로도 충분했다.

"혼천기 자체가 워낙 이미지가 안 좋아서, 별로 쓰고 싶지도 않았고 말이지."

테라노어에서 기존의 혼천기만으로 상대하기 힘든 성직자는 단 한 명뿐이었다. 그리고 그 한 명은 성시한이 가장 신뢰하는 동료 중 하나였다.

굳이 혼천기를 발전시킬 이유가 없었다.

"하지만 이젠 이유가 생겼지."

싸늘한 목소리로 시한이 중얼거렸다.

"자신의 수법에 당하는 기분이 어때?"

비슷한 어조로 카렌도 중얼거렸다.

"잘도 갖다 베꼈네. 쉬운 일이 아니었을 텐데."

"남 말 할 처지야? 그러는 너도 내 천변기 베껴서 여왕 대리 세웠으면서?"

"하긴, 우리끼리 너무 기술 공유를 해대긴 했지?"

카렌이 씁쓸한 미소를 지었다. 천천히 그녀에게 다가서며 시한은 암흑을 끌어올렸다.

"내가 돌아올 걸 대비했다고 했었지? 그렇다면 이것까지 예상했어야 했어."

장대한 어둠 속에서 악귀의 형상이 되어 배신자에게 암흑의 검을 겨눈다.

"난 더 이상 당신이 알고 있던 과거의 소년이 아니야, 카렌."

그때였다. 갑자기 그녀가 한숨을 쉬었다.

"하아, 실은 그것까지 감안했어. 이런 식일 줄은 몰랐지만."

그러더니 양팔을 펼치며 앙칼진 외침을 터뜨렸다.

"크론 리자테여, 당신의 시험으로 내 적을 축복하소서!"

카렌의 전신에서 은빛의 기류가 뿜어져 나왔다. 무수한 입자가 안개처럼 사방을 잠식하며 허공을 타고 흐르기 시작했다.

그 모습은 놀랍도록 성시한의 혼천기와 닮아 있었다. 색상을 제외하면 똑같은 방식, 똑같은 형태라고 해도 과언이 아니다.

시한이 눈살을 찌푸렸다.

"…질병의 축복?"

닮은 것이 당연하다. 저 신성술이야말로 개조한 혼천기의 오리지널, 카렌의 플레이그 블레스인 것이다.

사아아아…….

은빛 안개가 사방으로 퍼져 간다. 겉보기엔 아름답고 성스러워 보이지만 닿는 모든 것을 감염시키는 질병의 안개다.

성시한은 서슴없이 안개 속으로 걸음을 옮겼다.

"멍청하긴! 벌써 잊은 거야? 난 지구인이라고."

지구인인 그는 테라노어의 모든 마법과 질병으로부터 자유롭다. 카렌의 저 놀라운 권능도 그에겐 호숫가의 안개와 전혀 다를 게 없다.

"테라노어의 질병은 내겐 통하지 않……"

비웃으며 시한이 말을 이을 때였다. 느닷없이 기침이 터졌다.

"쿨럭!"

무심코 그는 입을 가렸다. 그리고 눈을 휘둥그레 떴다.

"…어?"

내려다본 손바닥에 붉은 선혈이 흥건히 묻어 있었다.


새하얀 맨발이 가슴팍을 걷어찼다. 굉음과 함께 시한이 피를 뿌리며 뒤로 날아갔다.

"크윽!"

볼품없이 땅바닥을 구르며 그는 힘겹게 몸을 일으켰다. 그러다가 비틀하고 다시 무릎을 꺾었다.

이미 수차례나 카렌의 공격을 허용한 후였다. 육신도 투기도 너덜너덜하다.

"허억, 허억……"

가쁜 숨을 내쉬며 시한은 카렌을 올려다보았다. 그녀는 오만한 얼굴로 시한을 내려다보고 있었다.

조금 전과 완전히 상황이 바뀌어 버렸다.

"어, 어떻게… 쿨럭!"

말하다 말고 시한은 다시 각혈했다. 검붉은 피가 식도를 통해 쏟아져 나왔다.

끔찍한 오한과 발열이 동시에 오며 지독한 고통으로 화한다. 심장은 멋대로 요동치고, 피부에 반점이 생기고 사라지길 반복한다.

극심한 두통으로 시야마저 흐릿하다. 애써 눈을 치켜뜨며 시한이 질문했다.

"어째서 나한테 테라노어의 질병이 통하는 거지?"

"이유를 알고 싶어?"

카렌이 품에서 뭔가를 꺼냈다. 손바닥에 쏙 들어갈 작은 주머니였다.

주머니를 열자 입구를 검은 가루가 희미한 빛을 뿌리며 소용돌이쳤다.

"…그건?"

시한은 눈을 깜빡였다. 왠지 익숙한 느낌이었다.

"흑색 상아탑에서 재미있는 연구를 하고 있더라고."

흑색 상아탑은 이 검은 가루를 촉매로 사용해, 이계의 존재에게도 테라노어의 마법이 먹히는 방식을 연구하고 있었다.

"사실 연구 자체는 별로 이상할 것이 없어. 루스클란의 마물에게 그토록 시달린 마기언들이, 그 해답을 찾고자 하는 건 자연스러운 일이잖아?"

그녀가 의심한 부분은 다른 쪽이었다.

흑색 상아탑은 저 연구를 극비 중의 극비로 취급했다. 물론 마기언들이 비밀스럽게 행동하는 것이야 어제 오늘 일이 아니지만, 그걸 감안해도 태도가 과해 보였다.

연구 목적을 생각해 보면, 굳이 저렇게까지 비밀을 지키려 난리 칠 이유가 없었다.

"뭔가 뒤가 구린 일이 끼어 있는 게 아니라면 말이지."

도로 가루를 챙겨 주머니를 품에 넣은 뒤 카렌은 빙그레 웃었다.

"무슨 꿍꿍이인가 싶어 염탐을 시켰지. 내 영토 내에서 일어나는 일도 파악하지 못해서야 어찌 왕이라고 칭할 수 있겠어?"

이후 카렌은 흑색 상아탑의 상황을 계속 지켜보았다. 그 와중에 첩자를 시켜 촉매 가루 일부를 몰래 훔쳐내기도 했다.

"그러다 문득 생각했지. 이계의 존재에게 마법이 먹힌다면, 질병도 먹히지 않을까 하고."

그래서 시험해 보았다.

"먹히더라고."

지금이야 대부분 사라졌지만, 육왕국 초기만 해도 아직 루스클란의 잔당들이 많이 남아 있던 시절이었다. 이계의 마물을 부를 정도로 강력한 소환술사들도 꽤 존재했다.

그 이계의 마물을 상대로 검은 가루를 사용해 보았다. 그녀의 천재적인 재능은 이내 해답을 찾아냈다.

"처음에는 헤맸지만 하다 보니 슬슬 요령을 파악하겠던데?"

그제야 시한은 저 검은 가루에 대해 떠올릴 수 있었다.

베르셀트 지방의 사교도를 처리할 때, 청색 상아탑의 마기언이 사용했던 바로 그 가루와 느낌이 흡사하다.

"그런데 흑색 상아탑이라고? 듣기론 흑색 상아탑주는 아직 8층인 걸로……."

시한은 의아해했다. 플로어 마스터도 아닌 8층 마기언이 저런 거창한 연구를 성공했다는 것이 믿어지지 않았다.

"혁명군 시절에도 수많은 마기언들이 도전했지만 결국 실패했었는데……."

카렌이 어깨를 으쓱거렸다.

"아마 릴스타인이 주도한 거겠지? 어차피 백색 상아탑을 제외한 나머지 3대 상아탑은 죄다 그 인간의 지배하에 있으니까."

그렇다면 납득이 간다. 릴스타인은 원래부터 이계에 대한 연구를 깊게 파고들었으니까.

'릴스타인인가.'

운 좋게도 쓸 만한 정보를 건졌다. 머리를 굴리다 말고 문득 성시한이 코웃음을 쳤다.

"…그나저나 설명 한번 친절하기도 하시군. 네가 그렇게 적에게 다정한 성격이었던가?"

아무리 그가 다 죽어가는 처지라곤 해도, 이렇게 주절주절 설명을 해줄 이유는 없다.

카렌이 쓴웃음을 지었다.

"그건 그러네. 그럼 소원대로 끝을 내줄게."

"그렇게 될까 보냐!"

고함을 지르며 시한은 억지로 몸을 일으켰다. 하지만 채 자세를 잡지 못하고 다시 휘청거렸다.

"으윽!"

육체가 전혀 말을 듣지 않았다. 단순히 정신력으로 극복할 수 있는 수준이 아니었다. 지독한 고통도 고통이지만, 마치 육체와 정신의 신호 자체가 어긋나는 듯한 느낌이었다.

"젠장! 왜 이렇게 몸이……."

소드하이어는 투기로 육체를 보호하며, 상처조차도 다스릴 수 있다. 그래서 팔이 부러졌던 알리타도 고작 며칠 만에 뼈가 도로 붙었었다.

무수한 전투를 경험한 시한이었다. 죽음에 이르는 부상을 겪은 일도 많았다. 당연히 육신을 회복시키는 투기 운용에도 익숙한 처지였다.

그런데 몸이 전혀 나아질 기미가 없다. 투기와 육체가 완전히 따로 논다.

'왜 이러지? 남들은 이 정도는 아니었는데?'

왕년 카렌의 질병에 감염되었던 제국 측 소드하이어들은, 비록 병마에 시달리긴 했지만 어느 정도 전투력을 유지하고 있었다. 지금의 시한처럼 맥도 못 추진 않았다.

"그야 당연하지."

예상했다는 듯 카렌이 빙그레 웃었다.

"넌 병에 걸려본 적 자체가 없잖아?"

자연스럽게 병에 걸리는 테라노어의 소드하이어들은 딱히 누가 가르쳐 주지 않아도 그 병마를 투기로 다스리는 법을 터득한다.

하지만 성시한은 입장이 다르다. 테라노어에서 투기를 익히던 시절, 그는 이계의 존재란 특성상 병에 걸린 적이 없었다.

"보아하니 한국에 돌아간 후에도 딱히 큰 병을 앓아본 적은 없었던 것 같고."

카렌의 예상은 틀리지 않았다.

한국의 일반인이 걸릴 법한 질병이라 해봐야 환절기 감기나 유행성 독감 정도인데 이 정도는 워낙 단련된 신체 덕분에 무사할 수 있었던 것이다. 물론 사스니 조류 독감이니 하는 위험한 전염병에 걸렸다면 좀 이야기가 달랐겠지만, 평소에 자기 방에만 콕 처박혀 있다 보니 옮지도 않았다.

"한 번도 경험이 없는데, 대체 무슨 수로 투기로 질병을 다스리는 법을 배울 수 있겠어?"

비웃으며 카렌이 손가락을 까닥였다. 손가락 사이로 검은 기운이 잠시 일어나다 도로 가라앉았다. 그녀에게 침투해 있는 시한의 혼천기였다.

"반대로 난 혼천기 오염에 꽤 익숙하잖아?"

과거 성시한이 혼천기를 개발할 때 모르모트를 자처한 것이 바로 카렌이다. 혼천기를 막는 것도, 버티는 것도 그녀보다 더 익숙한 사람은 없다. 시한이 혼천기 용법을 바꾸지 않았다면 애초에 오염되지도 않았을 것이다.

"덕분에 꽤나 능력이 하락하긴 했지만……."

외침과 동시에 카렌이 시한에게 쇄도했다.

"…너보단 훨씬 처지가 낫지!"

날카로운 기합을 이어가며 연속으로 권격을 날린다. 시한도 허둥지둥 반격을 시도했지만 전혀 소용이 없었다.

순식간에 무수한 정타가 적중하며 충격이 뼛속까지 파고들었다.

"으아아아아!"

비명까지 터뜨리며 그는 남은 힘을 모조리 끌어올렸다. 흩어지는 혼천의 기운을 최대한 긁어모아 검은 투기의 빛을 피워낸다.

"혼천기, 탁류!"

"이 정도론 어림없어!"

카렌의 정권이 쏟아지는 어둠의 폭포를 거슬러 올라 투기강과 충돌했다. 클레이모어가 부러지며 장대한 폭발이 일어났다.

콰아아앙!

태풍 속의 낙엽처럼 시한의 전신이 휘말려 날아갔다.

"으아악!"


부러진 검을 지팡이 삼아 짚은 채 성시한은 계속 피를 토했다.

"크윽, 쿨럭!"

쏟아낸 검은 피가 바닥에 홍건하다. 거의 방석 두세 개만큼이나 피가 사방으로 퍼진다.

부들부들 떨며 시한은 신음을 흘렸다.

"으으으……."

그런 그를 노려보며 카렌이 어이없다는 듯 뇌까렸다.

"아직도 힘을 감추는 건가? 날 너무 무시하는 거 아냐?"

얼음장 같은 눈빛을 쏘아내며 그녀가 냉혹하게 외쳤다.

"무신기를 써, 시한! 그러지 않으면 내 손에 죽게 될 테니!"

고통스런 와중에도 시한은 허탈하게 웃었다. 카렌은 아직까지도 그가 본 실력을 숨기고 있다고 여기는 듯했다.

'…나 참, 이렇게 피를 사발로 토하고 있는데도 힘을 감추고 있는 줄 안단 말이야?'

순간 어이가 없었지만, 생각해 보니 그럴 법도 했다.

혁명전쟁 시절 온갖 사투를 겪어온 혁명 7영웅이었다. 죽기 직전까지 간 경우도 한두 번이 아니었다.

그런 카렌의 기준에서 이 정도 부상은 별로 심각한 수준이 아닌 것이다. 당장 성시한도 입장이 반대였다면 같은 반응을 보였겠지.

힘없이 시한이 대꾸했다.

"아쉽지만… 이게 지금의 내 전력이야……."

숨겨둔 본 실력 따윈 없다.

카렌의 성장세를 예상하고 전투에 임했다. 전투 도중에도 상대의 실력을 파악하길 게을리하지 않았다. 그리고 결론을 내렸다.

그녀가 어떤 수법을 숨겨두고 있더라도 충분히 감당할 수 있다고.

시한 나름대로는 서두르지 않고, 충분히 승산을 고려해서 싸운 것이다. 하지만 결과적으로 서두르다 일을 망친 셈이 되었다.

통한이었다.

"젠장, 시간 좀 걸리더라도 완전히 회복하고 올걸······."

거칠게 숨을 내뱉는 성시한을 보며 카렌이 멍한 표정을 지었다.

"···힘을 잃었다는 말이 진짜라고?"

그녀의 얼굴이 이내 분노로 뒤덮였다.

"이게 무슨 장난이야? 최상의 컨디션도 아닌데 승부에 임해? 게다가 적에게 자신의 정보를 흘려? 이런 멍청한 짓을 할 정도로 시한 네가 경험이 적진 않잖아?"

잠시 시한도 멍한 표정이 되었다.

"···카렌?"

눈앞의 그녀는 더 이상 냉혹한 배신자의 얼굴을 하고 있지 않았다.

과거 시한이 바보짓을 할 때마다 보였던, 분노와 걱정과 애정을 담아 꾸짖던 사랑하는 누나의 얼굴이었다.

"뭐야? 이제 와서 예전처럼 잔소리를 하는 거야?"

"아······."

눈에 띄게 당황하며 카렌이 안색을 굳혔다. 고통을 견뎌내며 시한이 힘겨운 조롱을 던졌다.

"아니면, 이제 와서 양심의 가책이라도 느끼나 보지?"

"흥!"

다시 카렌이 원래의 모습으로 돌아왔다. 차가운 살기를 넘실거리며 그녀가 오른손을 들어 수도 형태를 취했다.

"그래, 그 멍청한 헛소리가 사실이었단 말이지? 그럼 더 볼 것도 없겠네."

은빛의 검이 손날을 타고 예리하게 번뜩인다. 그 어떤 명검보다도 날카로운 신성의 칼날이다.

"죽어, 시한."

성시한의 표정이 다급해졌다. 더 이상은 정말 아무 수가 없었다. 저대로 카렌이 손을 내리긋기만 하면 상황 종료다.

하지만 그녀는 바로 손을 내려치지 않았다. 잠시 머뭇거리더니 그대로 뒤로 물러선다. 그리고 등 뒤를 노려보며 빙그레 웃었다.

"하긴, 저 애송이들이 가만히 두고 볼 리가 없지?"

제논과 알리타가 투기검을 뽑아 든 채 맹렬히 달려오고 있었다.

"시한!"

돌진하며 제논이 황급히 외쳤다.

"시한을 구해, 알리타!"

동시에 패왕기를 실어 대검을 크게 내려친다. 공격을 피해 카렌이 한 발 뒤로 물러섰다. 그 틈에 알리타가 허겁지겁 쓰러진 성시한에게 달려갔다.

"시한! 시한!"

알리타는 피투성이가 된 시한의 가슴에 오른손을 얹었다. 그리고 투기를 불어넣었다.

성시한과 달리 그녀는 테라노어 인이다. 평소에도 투기로 질병을 다스리는 일에 익숙한 것이다. 일월성신의 프린처럼 근본적인 치료는 불가능하더라도 통증을 줄이고 병의 진행을 완화시키는 것 정도는 가능하다.

창백하던 성시한의 얼굴에 조금 혈색이 돌아왔다.

"쿠, 쿨럭!"

기침하며 시한이 피를 토했다. 하지만 그것이 전부였다. 여전히 꼼짝달싹도 못 했다.

알리타는 초조해했다. 어서 이 자리를 피해야 한다.

"제발 정신 좀 차려요!"

그동안 제논은 계속 카렌을 상대하고 있었다. 연신 대검을 휘두르며 그녀의 움직임을 압박한다.

이리저리 몸을 틀어 공격을 피하며 카렌이 황당하다는 듯 중얼거렸다.

"…애는 검술이 뭐 이렇지?"

분명 생긴 거나 기세는 성난 멧돼지를 연상케 할 정도로 저돌적이다. 하지만 정작 펼치는 검술은 여인처럼 섬세하고 우아하다. 대들보만 한 칼을 레이피어처럼 사용하고 있는 것이다.

상식적으로 말이 안 되는데, 무식한 육체 능력과 섬세한 투기 운용이 그걸 가능케 한다.

거친 고함을 터뜨리며 제논이 연거푸 검을 내뻗었다.

"으아아아!"

기합 소리만 들어보면 전신전력으로 호쾌한 참격을 날리는 것 같은데 실제로 날아드는 건 날카로운 삼단 찌르기였다.

페인트를 시도한 거라면 속을 리가 없겠지만 제논 본인은 지극히 진지하다. 덕분에 경험 많은 카렌조차도 순간 헷갈려 피할 타이밍을 놓쳐 버렸다.

속으로 혀를 차며 그녀는 양팔을 흑색 사슬로 감싸 찌르기를 튕겨냈다.

'어디서 이런 신기한 녀석을 건진 거야, 시한은?'

온갖 강자들이 설치던 혁명전쟁 시절에도 이렇게 괴상한 스타일은 없었다.

재차 공세를 퍼부으며 제논이 악을 내질렀다.

"어서 시한을 피신시켜, 알리타!"

카렌은 계속 팔에 휘감은 달빛 사슬로 제논의 검을 막아냈다. 팽팽한 공방이 이어졌다.

제논과 그녀의 실력 차를 생각해 보면 어이없는 광경이었
다. 카렌이 한 번만 본격적으로 움직여도 간단히 제논의 목을
꺾어버릴 수 있을 테니까.

하지만 지금의 카렌은 제논보다 특별히 뛰어난 움직임을 보
이지 못하고 있었다. 성시한의 혼천기가 여전히 그녀의 신성
력을 억누르고 있는 것이다.

시한처럼 맥도 못 추는 정도는 아니지만 카렌 역시 상당히
능력이 떨어져 있다. 거기에 지치기까지 했다. 현재의 카렌이
라면 제논 수준으로도 어떻게든 맞상대가 가능하다.

하지만 그것이 카렌이 불리해졌다는 의미는 아니었다.

그녀가 약해졌다면, 상대 역시 약화시켜 버리면 그만이다.

"뭔가 잊고 있지 않니, 덩치 큰 애송이?"

빙그레 웃으며 카렌이 손을 휘저었다. 은빛 기류가 퍼져나
가 제논을 덮쳤다.

"헉!"

놀란 제논이 재빨리 뒤로 뛰었지만 기류가 더 빨랐다. 순식
간에 안개가 사방을 뒤덮으며 제논이 피를 토했다.

"쿠, 쿨럭!"

온몸이 불덩이가 되며 고통이 엄습한다. 신음하며 제논은
투기를 운용해 질병에 저항했다. 평소 질병에 익숙하다 보니

시한처럼 아무것도 하지 못하고 쓰러지진 않았다.

하지만 이미 신체 능력은 극도로 하락한 후다. 기사급의 극을 달려 달인급을 넘보던 실력이 투사급 이하가 되었다.

카렌은 간단히 제논의 품으로 파고들었다. 그리고 상대의 가슴팍에 손바닥을 대고 가벼운 기합을 터뜨린다.

"흡!"

겉보기엔 가벼워도 그 위력은 결코 가볍지 않았다. 굉음과 함께 제논의 거구가 허공으로 날아올랐다.

그리고 땅바닥에 추락하며 그대로 혼절, 그 모습을 본 알리타가 고함을 지르며 투기검을 뽑아 들었다.

"제논!"

시한을 뒤로한 채 알리타도 카렌에게 달려들었다. 하지만 몇 걸음 옮기기도 전에 무릎이 꺾였다. 질병의 축복이 그녀 역시 덮친 것이다.

카렌이 무력해진 알리타를 후려쳐 쓰러뜨렸다.

"꺄악!"

백금발의 소녀가 피를 흘리며 바닥을 데굴데굴 구른다. 카렌이 싸늘하게 뇌까렸다.

"그대로 누워 있거라, 애송이들. 너희들까지 해칠 생각은 없으니."

쓰러진 알리타의 전신으로 무형의 기운이 맴돌았다. 제논처럼 투기로 자신의 병세를 다스리는 것이다.

비틀거리며 그녀가 다시 몸을 일으켰다. 카렌이 눈살을 찌푸렸다.

"계속 덤빌 셈이냐?"

가쁜 호흡과 함께 알리타는 자세를 잡았다. 카렌이 혼절한 제논을 힐끔거리며 말을 이었다.

"저 청년이 너보다 모자라서 기절한 게 아니란다, 아이야."

제논은 우람한 거구에 알찬 근육으로 전신을 포장한, 실로 듬직하기 그지없는 청년이었다. 척 봐도 어지간히 후려갈겨선 숨통 끊어질 일이 없었다.

반면 알리타는 날씬한 몸매의 여자아이였다. 전사답게 전신이 알차게 단련되어 있긴 하지만 그래도 제논과 비교하면 많이 부족하다.

함부로 힘썼다가 골로 갈 것 같아 카렌도 전력을 다하지 못했던 것이다.

"그렇다고 이대로 쓰러져 있을 순 없잖아요?"

허덕대면서도 알리타는 앙칼진 대꾸를 날렸다. 그리고 투기검을 뽑아 들어 다시 덤볐다.

"타아앗!"

물론 결과는 같았다.

"어리석구나."

혀를 차며 카렌이 알리타를 걷어찼다. 육체와 투기가 동시에 타격을 받으며 겨우 멈춰놓았던 질병이 또다시 활개를 친다.

"으윽!"

피 섞인 기침을 토하며 알리타는 재차 투기로 질병을 억눌렀다. 그렇게 병세가 좀 완화되자 도로 투기검을 뽑아 든다.

카렌이 고개를 저었다.

"나 참, 포기를 모르는군."

꿋꿋하게 알리타가 또 몸을 날렸다. 그리고 또 비슷한 상황이 반복되었다.

얻어맞고, 날아가고, 질병에 시달리고, 투기로 어찌어찌 병을 다스리고 비틀비틀 일어선다.

"…포기할 생각은… 없어!"

기합을 터뜨리며 알리타가 공격을 시도했다.

"생각이야 네 자유지만……."

비웃으며 카렌도 반격에 나섰다.

"그렇다고 현실이 달라지는 건 아니잖니?"

역시나 간단하게 알리타의 투기검을 흘려내며 주먹을 뻗는다.

"슬슬 귀찮네."

카렌이 정권의 위력을 살짝 올렸다. 묵직한 보디블로가 알리타의 복부를 강타했다.

"아윽!"

이번엔 병마의 고통마저 잊을 정도로 아팠다. 나자빠진 알리타가 경련을 일으켰다. 그녀를 노려보며 카렌이 섬뜩한 목소리로 말했다.

"한 번만 더 일어나면 목을 꺾어버리겠다."

알리타는 무시했다. 또다시 천천히 몸을 일으킨다.

"…내 말이 그토록 우스웠느냐?"

차분하던 카렌의 눈에 분노의 빛이 떠올랐다.

"발버둥 쳐 봤자 달라질 것은 없어!"

"과연 그럴까요?"

힘없이 알리타가 반문을 던졌다. 카렌은 당황했다. 상대의 눈빛이 지나치게 선명해 보였다.

경험 많은 카렌이라 알 수 있었다.

저건 자포자기도, 고집스런 의지도 아니다.

뭔가 믿는 구석이 있는 눈빛이다.

"이해할 수 없구나. 발버둥 치면 뭐가 달라지지? 갑자기 없던 힘이라도 생기느냐?"

알리타가 입가에 희미한 미소를 띠웠다.

"그럴 리가요? 내가 아무리 포기하지 않는다 해도 당신을 이길 수 있을 리가 없겠죠."

통증에 힘겨워하면서도 나직하게 되묻는다.

"성시한은 지구인이죠? 지구인이라서 투기와 마력을 눈으로 보는 것처럼 생생히 느낄 수 있다고 하던데……."

"그렇긴 하지."

카렌이 무심코 대꾸했다. 그녀 역시 잘 아는 사실이었다.

"그래서 다른 소드하이어들의 투기 운용도 쉽사리 따라 할 수 있었다지요?"

"그래서?"

"그렇다면……."

알리타는 재차 투기를 끌어올렸다.

이미 탈진할 대로 탈진해 투기의 기세가 지극히 약하다. 그 미약한 투기를 억지로 운용해 전신의 질병을 다스린다.

고열로 인해 발갛게 달아오른 얼굴로, 그녀가 회심의 미소를 지었다.

"…이 정도 보여줬다면 질병에 대항하는 투기 운용도 충분히 배우지 않았을까요?"

"응?"

카렌은 멍한 얼굴로 눈을 깜빡였다. 그러다 찬물이라도 끼얹은 것처럼 화들짝 놀라 등 뒤를 돌아보았다.

"서, 설마?!"

나직한 사내의 목소리가 폐허가 된 공터 위로 울렸다.

"…이런 거였구만?"

성시한이 다시 몸을 일으키고 있었다. 전신을 통해 암흑의 투기도 다시 흘러나오고 있었다.

비록 피투성이에 투기의 흐름도 여전히 흔들리지만, 꼼짝도 못하던 조금 전과는 완전히 다른 모습이었다.

머리를 쓸어 올리며 시한은 알리타를 바라보았다. 그리고 회심의 미소로 답했다.

"고마워, 알리타. 덕분에 요령을 파악했다."

암운(暗雲)이 사방으로 퍼져 나갔다. 칠흑의 기류가 넘실거리며 파괴된 대지를 뒤덮어 영역을 확장하기 시작했다.

성시한의 혼천기가 다시 본연의 위력을 되찾고 있는 것이다.

"…그 상황에서 머리를 굴리다니, 제법인데?"

싸늘하게 뇌까리며 카렌이 몸을 움직였다. 한달음에 알리타의 지척까지 다가가 가볍게 손등치기를 날린다.

이미 탈진한 지 오래인 알리타에게 피할 여력 따위 남아 있을 리 없었다. 일격을 허용하고 그대로 나가떨어졌다.

"아윽!"

바닥을 나뒹굴며 알리타는 부들부들 떨었다.

이번만큼은 다시 일어날 수가 없었다. 질병의 문제가 아니라 카렌의 타격이 너무 강했다. 작정하고 후려친 모양이었다.

그렇게 알리타를 처리한 뒤 카렌이 전신의 신성력을 모조리 끌어올렸다. 짙은 살기와 은빛의 성광이 뒤섞여 요동치기 시작했다.

"크론 리자테여! 당신의 종을 보우하소서!"

성시한 역시 남아 있는 모든 투기를 바닥까지 긁어내고 있었다.

웅웅웅웅!

검은 기운이 먹구름처럼 뭉게뭉게 피어올라 카렌의 성광과 맞부딪혔다. 전신의 투기를 모조리 혼천기로 바꾼 것이다.

'어차피 카렌은 팔다리가 잘려도 재생해 버린다. 그녀의 육체를 해하는 것은 별 의미가 없어.'

신성력 자체에 타격을 줘야 한다. 그래야 그녀를 쓰러뜨릴 수 있다.

한 발 앞으로 나서며 시한이 땅바닥에 손을 뻗었다.

저만치 떨어져 있던, 부러진 클레이모어가 저절로 허공으로 떠올라 그의 손아귀로 돌아갔다. 경지에 오른 소드하이어에게, 손 닿지 않는 물체를 투기만으로 움직이는 것은 별로 어려운 일이 아니다.

동강 난 대검을 양손으로 움켜쥔 채 성시한은 예리한 눈빛을 발했다.

'시간을 끌면 곤란해.'

비록 알리타 덕분에 질병에 저항하는 방법을 배우긴 했지만 투기로 병마를 다스리는 방식은 근본적인 치유법이 아니다. 어디까지나 병세를 완화하는 것일 뿐 몸속에 여전히 온갖 질병이 도사리고 있다.

이 상태가 오래갈 리 없었다. 그나마 기력이 남아 있을 때 승부를 걸어야 한다.

'일격에 끝낸다!'

혼천기가 부러진 클레이모어의 칼날을 타고 하늘 높이 뻗어 올랐다. 한 자루 거대한 암흑의 검을 벼려낸 뒤 시한은 그대로 내려쳤다.

"혼천기, 환야!"

어둠이 카렌의 머리 위로 드리워졌다. 그녀가 이를 갈며 외쳤다.

"끈질기네, 시한! 그래봤자 결과는 달라지지 않아!"

카렌의 등 뒤로 수십 줄기의 은빛 사슬이 마치 폭발하듯 쏟아져 나왔다.

손짓으로 사슬을 제어하며 오른손을 앞으로 내민다. 사슬이 천처럼 서로 짜이며 커다란 방패의 형상으로 변한다.

"만월의 사슬!"

칠흑의 칼날과 만월의 방패가 서로 충돌했다. 끔찍한 폭음이 귀를 찢었다. 검은 기류가 방패를 파고들며 미친 듯이 요동을 쳤다.

콰콰콰콰콰쾅!

어둠의 칼날이 방패를 반 이상 갈랐지만 더 이상 파고들지 못한다. 계속해 혼천기의 어둠을 쏟아내고 있지만 그때마다 카렌의 성광도 더더욱 빛을 발한다.

시한의 이마에 식은땀이 흘렀다.

'히, 힘이 모자라!'

남아 있던 투기를 죄다 혼천기에 퍼부었다. 심지어 질병을 억누르던 투기까지 모조리!

덕분에 겨우 다스린 병마가 다시 고개를 든다. 도로 눈앞이 흐려지고 오한과 고열이 육신을 덮친다.

조금씩 카렌의 성광이 어둠을 불사르기 시작했다. 아무래도 남은 여력은, 그녀가 성시한보다 위였던 모양이었다.

"고작 이거야, 시한?"

휘청대는 성시한을 향해 카렌이 악을 써댔다.

"응? 고작 이 정도로 복수를 입에 담은 거였냐고!?"

그러던 중이었다. 갑자기 그녀가 옆을 돌아보았다.

'뭐지?'

방금 쓰러뜨렸던 백금발의 소녀로부터 무시무시한 마력이 느껴지고 있었다.

"타오르는 광휘……."

바닥에 엎드려 채 손만을 내민 채, 알리타는 가쁜 숨을 내쉬며 더듬더듬 주문을 이어갔다. 동시에 내민 오른손이 눈부시게 백열하기 시작했다.

놀란 카렌이 눈을 휘둥그레 떴다.

"마법? 저 아이가?"

간신히 알리타가 주문을 완성시켰다. 그녀의 손끝에서 눈부신 빛이 쏟아져 나왔다.

"아케인 블래스트!"

파괴의 빛이 허공을 갈랐다. 허겁지겁 카렌이 왼손을 내밀었다.

"만월의 사슬!"

또 하나의 은빛 방패를 형성해 아케인 블래스트를 가로막는다. 섬광 주문이 방패에 충돌해 굉음을 토했다.

콰콰콰콰쾅!

방패가 부서지며 무수한 사슬 조각이 허공으로 날리고 이내 이슬처럼 녹아내렸다. 카렌의 신성력이 눈에 띄게 줄어들며 은빛의 성광이 흐릿해진다.

'기회다!'

성시한이 전력을 다해 칠흑의 검을 찔렀다. 어둠이 빛을 꿰뚫고 카렌에게 적중했다.

"……!"

비명은 없었다.

거대한 암흑의 장막이 은빛의 성광을 일제히 날려 버렸다. 새까만 해일에 뒤덮여 카렌의 육신이 모습을 감췄다.

승패가 갈렸다.

더 이상 서 있을 힘도 없다. 제자리에 주저앉아 성시한이 한숨을 쉬었다.

"하아, 간신히 이겼네……."


기진맥진한 채 알리타는 눈앞의 광경을 계속 지켜보았다. 그녀가 안색을 굳혔다.

'…뭐지?'

뭔가 이상했다.

시한의 혼천기에 휩싸이기 직전 카렌의 표정이.

그것은 패배를 앞에 둔 자가 응당 가질 공포나 절망에 찬 얼굴이 아니었다.

그저 조용히 눈을 감은 채…….

'…웃었어?'

혼천기의 어둠에 파묻히기 직전, 카렌의 입가엔 희미한 미소가 떠올라 있었다.


＊　　　＊　　　＊

온몸을 잠식하던 카렌의 신성력이 사라져간다.

몸 상태를 점검하며 성시한은 안도했다. 그토록 고통스러웠던 오한과 발열, 온갖 병의 증상이 씻은 듯이 없어졌다.

"아우, 이제 좀 살겠네."

질병의 축복을 유지하는 신성력이 사라지며 촉매로 사용했던 검은 가루의 힘 역시 소멸한 것이다. 이리되면 더 이상 테라노어의 질병은 시한을 괴롭히지 못한다.

"그래도 아프긴 아프지만……."

증상이 사라졌어도 멀쩡해진 것은 아니다. 그동안 카렌에게 두들겨 맞은 타격은 여전히 남아 있다.

뭐, 그렇다 해도 플레이그 블레스에 잠식되었을 때에 비하면 놀라울 정도로 컨디션이 좋은 편이었다. 호흡도 투기의 흐름도 정상으로 돌아왔다.

휘청거리며 시한은 몸을 일으켰다. 그리고 쓰러진 알리타에게 다가갔다.

"괜찮아?"

바닥에 엎어진 채 알리타가 오만상을 찌푸렸다.

"아파요……."

성시한과 달리 그녀는 테라노어의 질병으로부터 자유롭지 못하다. 카렌의 신성력이 끊겼다 해도 이미 걸린 질병이 바로 낫지는 않는다.

"고마워, 덕분에 살았다."

감사를 표하며 시한은 알리타를 부축해 앉혔다. 그리고 그녀의 이마에 손을 가져가 투기를 불어넣었다.

조금 전 알리타가 그에게 해주었던 방식 그대로, 투기로 그녀의 질병을 다스리는 것이었다.

"하아……."

잠시 후, 알리타가 나른한 얼굴로 숨을 내쉬었다. 성시한 역시 투기가 바닥난 처지라 큰 효과는 없었지만, 그럭저럭 몸이 편해졌다.

그녀가 시한을 보며 웃었다.

"둘 다 너덜너덜하네요, 아하하……."

계속 알리타를 보살피며 시한이 물었다.

"마력 다 날아갔지? 움직일 수 있겠어?"

아케인 블래스트를 썼으니 당연히 전신 마력을 말끔히 소모했을 것이다. 육체적으로도 영향이 많을 것이기에 걱정해서 물은 것인데, 알리타는 어째 다른 의미로 받아들인 모양이었다.

"어쩌죠? 이러면 차원문은 못 열 텐데?"

"상관없어."

그녀의 마법이 아니었다면 죽었을 판국이었는데 당장 차원문 좀 못 열게 된 게 무슨 대수일까?

"그까짓 차원문, 카렌을 생포한 다음 네 마력이 회복하길 기다렸다가 천천히 열어도 돼. 정말 고맙다, 알리타."

시한은 한 번 더 감사 인사를 건넸다. 그러다 의아해했다.

별생각 없이 알리타의 남은 마력을 감지해 보았는데……

"…어라, 꽤 남았는데?"

분명 아케인 블래스트를 썼음에도 그녀에게서 상당한 양의 마력이 느껴졌던 것이다.

"그럴 리가요? 있는 마력 다 때려 부었는데요?"

"평소의 절반 정도밖에 안 쓴 것 같은데?"

"…아닌데요?"

다른 사람도 아니고 자기 몸이다. 분명 알리타의 감각으로는, 전신에 한 올의 마력도 남아 있지 않았다.

미심쩍은 표정으로 시한이 말했다.

"허락해 봐."

젝센가드 때도 사용했던 마력 전이를 허용해 보라는 의미였다. 알리타가 고개를 저었다.

"에이, 될 리가 없잖… 어머?"

무심코 '허락'했는데 정말 마력이 시한에게로 옮겨진다. 하지만 젝센가드 때와는 좀 다른 감각이었다.

뭐랄까, 알리타 자신으로부터 마력이 흘러나가는 게 아니라 그녀를 통로 삼아 어딘가에서 마력이 따로 주입되어 스쳐 지나가는 듯한 느낌에 가깝다. 굉장히 이질적인 마력이다.

혹시나 싶어 알리타는 이 이질적인 마력을 움직여 보았다. 하지만 소용없었다. 전혀 제어가 먹히지 않았다.

이 마력을 이용해 그녀가 마법을 쓰거나 하는 건 불가능하다는 의미였다. 하지만 성시한에게 건네주는 건 가능하다니?

"도대체 뭐예요, 이거?"

"글쎄?"

시한이라고 답이 있을 리 없었다.

그러는 동안 차원문을 열기에 충분한 양의 마력이 성시한에게 전이되었다. 동시에 알리타에게 남아 있던 잔여 마력도 사라져 버렸다.

"…점점 이해할 수 없는 일이 늘어가는군."

고개를 저으며 시한은 자리에서 일어났다.

"일단 이 자리를 정리한 뒤 차분히 생각해 봐야겠네."

이유는 모르겠지만 차원문을 열 수 있게 되었다.

그렇다면 먼저 처리해야 할 일이 있다.

\*　　　\*　　　\*

"으으으……"

신음을 흘리며 카렌은 눈을 떴다. 하지만 일어날 순 없었다.

사지가 결박된 것처럼 온몸이 꼼짝도 하지 않았다. 어떻게든 움직여 보려 했지만 상반신을 일으키는 것이 전부였다. 도저히 무릎이 펴지질 않는다.

주저앉은 채 카렌이 힘겹게 중얼거렸다.

"내가… 아직… 살아 있어?"

그런 카렌을 향해 성시한이 걸음을 옮겼다. 딱딱하게 굳은 얼굴로 다가오는 흑발의 청년을 보자 그녀의 표정이 바뀌었다.

카렌의 입가에 차가운 미소가 떠올랐다.

"축하해, 시한. 당신이 이겼어."

시한의 발걸음이 그녀의 바로 앞까지 도달했다. 부러진 클레이모어가 닿을 거리였다.

고개를 들어 과거의 친구를 바라보며 카렌이 무심하게 중얼거린다.

"이제 죽여."

더 이상 그녀에게 재생력은 남아 있지 않다. 가볍게 검을 내려치기만 해도 목숨을 끊을 수 있다.

시한이 물었다.

"왜 배신했지?"

카렌은 아무 대꾸도 하지 않았다. 성시한의 언성이 높아졌다.

"왜 날 배신한 거냐고?"

외면하며 그녀가 머리를 돌렸다. 새하얀 목을 드러내며 담담하게 말을 잇는다.

"할 말 없어, 죽여."

시한의 손이 희미하게 떨렸다. 적막이 맴돌았다.

침묵 속에서 그는 카렌을 내려다보았다. 그녀는 여전히 시선을 피하고 있었다. 잠시 후 시한이 한숨을 내쉬었다.

"…죽이진 않을 거야."

천천히 오른손을 들어 허공을 휘젓는다.

"당신은 날 죽이지 않았지. 그저 고향으로 돌려보냈을 뿐."

"흥! 죽이지 못했을 뿐이야. 죽일 수 있었다면 죽였을 거거든?"

앙칼진 목소리였다. 성시한의 눈빛이 흔들렸다.

젝센가드가 말한 '세 위선자' 중 카렌 이나시우스만큼은 분명 끼어 있을 거라 생각했었는데…….

"…상관없어. 어쨌건 날 죽이지는 않았지."

마력을 제어해 술식을 운용한다.

"그러니 나도 당신을 죽이지는 않을 거야, 카렌."

카렌의 표정이 변했다. 그제야 시한에게서 마력이 느껴진다는 걸 깨달은 것이다.

'왜 굳이 마법을?'

시한이 머리 위로 손을 치켜들며 주문을 읊조렸다.

"열려라, 이계의 문이여……."

세계가 갈라진다. 공허가 입을 연다. 지름 2미터의 검은 구멍이 허공에 모습을 드러낸다.

카렌의 안색이 창백해졌다.

"서, 설마?"

죽음 앞에서도 담담하던 그녀의 표정이 처음으로 깨졌다. 극도의 공포와 당황 속에서 겨우 진심이 드러난다.

"날… 차원 너머로 던질 셈이야?!"

차가운 목소리로 시한이 대답했다.

"십 년 전의 빚을 갚을 시간이야, 카렌."

다급하게 카렌이 발버둥을 쳤다.

어떻게든 손발을 움직여 저 검은 공허로부터 멀어지려 시도한다. 하지만 고작해야 몇 센티미터 기어가는 것이 전부였다. 이미 그녀에겐 전혀 힘이 남아 있지 않은 것이다.

그럼에도 카렌은 아직 차원문으로 빨려 들어가지 않았다. 젝센가드 때와 달리, 시한이 아직 차원의 흡입력을 카렌에게 겨누지 않은 탓이었다.

그녀를 차원 너머로 던지기 전에 마지막으로 물을 것이 있었다.

"한 번만 더 묻겠어. 우리가 함께했던 시간이 조금이라도 의미가 있다면, 대답해 줘."

침을 꿀꺽 삼키며 몇 번이나 되뇌었던 질문을 또다시 던졌다.

"왜 그날, 나를 배신했지?"

최대한 침착함을 유지하려 했지만 역시 쉽지 않았다.

"…내가 당신에게 뭔가 잘못한 게 있었나?"

질문과 동시에 카렌과 나눴던 수많은 추억이 기억을 뒤덮어 왔다.

어릴 적부터 이혼 가정에서 자라 엄마의 사랑을 제대로 받아 보지 못한 성시한이었다. 권위에 찬 아버지 밑에서는 다정한 말 한마디 들어본 적이 없었다. 외동이라 형제자매의 정조차 느끼지 못했다.

그런 시한에게 카렌은 누나이자, 어머니 같은 존재였다.

그가 가장 괴롭고 힘들었을 때 말없이 보듬어 준 그녀였다. 슬픔과 아픔을 겪을 때 뒤에서 보살펴 준 그녀였다.

전장의 밤, 힘겨운 전투를 끝내고 고통에 신음할 때 카렌의 잔잔한 기도가 얼마나 큰 위안이 되었던가?

"대체 왜 배신했냐고!"

격앙된 시한의 목소리가 울려 퍼졌다.

"난 당신을 정말 친누나처럼 여겼는데, 카렌!"

순간 카렌의 표정이 일그러졌다.

"난 널 동생처럼 여긴 적이 없어, 시한……."

숨기려 했다. 결코 드러내지 않으려 했다. 하지만 신성력이 바닥나며 의지력도 함께 바닥나버렸다.

결국 참고, 참고, 또 참으며 숨겨왔던 속내가 터져 나왔다.

"…난 네 누나가 아니야! 우린 남매가 아니라고!"

가장 괴롭고 힘들 때마다 말없이 보듬어 준다고? 슬픔과 아픔을 겪을 때마다 뒤에서 보살펴 준다고?

세상에 그런 남매가 어디 있어? 그게 어디가 남동생을 대하는 누나의 태도냔 말이야!?

격한 카렌의 외침이 이어졌다.

"왜 하필 레비나였어?"

당장이라도 울음을 터뜨릴 것처럼…….

"대체 왜?"

그녀는 울부짖고 있었다.

"내가 널 먼저 만났었는데!"

순간 시한은 굳어버렸다.

"……."

아무런 대꾸도 할 수 없었다. 머릿속이 텅 빈 기분이었다. 아니, 아예 사고 자체가 정지해 버린 것 같았다.

'지, 지금 뭐라고……?'

그 광경을 지켜보던 알리타가 두 손으로 입을 가렸다.

"아……."

성시한을 향한 카렌 이나시우스의 저 눈빛.

그것은 결코 동생을 바라보는 누나의 표정이 아니었다.

남자를 바라보는 여자의 얼굴이었다.

쓴웃음을 머금은 채 카렌은 고개를 저었다. 격정을 가라앉히고 다시 싸늘한 얼굴로 돌아온다.

"…이런, 잠시 흥분했네."

그녀가 차분하게 말을 이었다.

"죽여."

멍한 와중에도 시한이 습관처럼 대꾸했다. 이미 십 년 동안 생각하고 또 생각해 온 것을.

"죽이진 않아. 내가 당했던 것을 돌려줄 뿐."

카렌이 입가에 비웃음을 띠었다.

"이계의 마물이 득실거리는 생지옥에 던지면서 죽이진 않는다고? 아무리 나라도 그곳에서 며칠이나 살 수 있을 것 같아? 그냥 이 자리에서 죽여!"

"…그곳에서 당신이 죽을지 살지는 내가 알 바 아냐, 카렌."

시한의 답변에는 감정이 느껴지지 않았다. 허무한 얼굴로 카렌이 머리 위 공허를 바라보았다.

"절대 여기서 죽이진 않겠다는 거네."

조금 전까지만 해도 공포에 젖어 바라보더니 어느새 표정이 침착하기 그지없다.

"차원 너머의 지옥으로 던져 버린다……."

그녀가 고개를 주억거렸다.

"그래, 난 지옥에 떨어질 자격이 있지."

그리고 빙그레 웃었다. 슬퍼 보이는 미소였다.

"하지만 그건 여신의 지옥이어야 해."

고개를 들어 하늘을 올려다본다. 낮이라 달은 보이지 않았다. 하지만 카렌은 빛 속에 숨어 있는 달의 여신을 느낄 수 있었다.

뭔가 결심한 듯 카렌이 안색을 굳혔다.

"난 여신의 종이야, 크론 리자테께서 계시지 않은 곳에서 죽을 순 없어……."

오른손을 들어 손칼 형태를 취한다. 남은 신성력을 긁어모아 날카로운 한 자루의 검으로 벼린다.

카렌이 다시 능력을 썼음에도 불구하고 시한은 여전히 움직이지 않았다. 여전히 멍한 얼굴로 제자리에 서 있을 뿐이다.

화들짝 놀라 알리타가 소리쳤다.

"위험해요, 시한!"

그러나 카렌은 그 날카로운 신성의 칼날을 성시한에게 들이대지 않았다.

"그러니 죽어도 테라노어에서……."

그녀의 칼날은 그녀 자신의 심장으로 향했다.

날카로운 수도가 뼈와 근육을 파헤친다. 심장이 쪼개지며 피가 솟구친다. 온 세상을 뒤덮을 것처럼 시뻘건 피다.

"…어?"

넋 나간 시한을 향해 카렌이 배시시 웃었다.

드디어 솔직한 미소를 그에게 보내줄 수 있게 되었다.

"안녕, 시한……."

그녀의 눈동자가 급속히 빛을 잃기 시작했다.

*          *          *

카렌 이나시우스는 죽었다.

스스로의 손으로, 자신의 가슴을 찌르고, 약동하는 심장을 쪼개 터뜨려 버렸다.

설사 그녀가 모든 힘을 유지한 채 재생력을 발동한다 해도 돌이킬 수 없을 정도로 확실한 죽음이었다.

선혈을 뒤집어쓴 채 성시한은 눈만 깜빡거리고 있었다.

'뭐야? 뭐가 어떻게 된 거야? 왜 그런 말을 한 거야? 왜 그런 눈으로 날 본 거야?'

머릿속에 폭풍이 몰아치는 것 같았다. 사고와 상념이 칵테일처럼 엉망진창으로 뒤섞여 뇌리를 찌르고 또 찔러댔다.

시한의 집중력이 사라지며 차원문의 제어도 풀렸다. 검은 공허가 흐릿해지더니 이내 소멸해 버렸다.

다시 맑아진 여름 하늘 아래 그는 그저 넋이 나간 채 서 있기만 했다.

'…이게 뭐야…….'

갑자기 시한이 이를 갈았다. 이를 갈며 욕설을 내뱉는다.

"제기랄! 누구 마음대로 안녕이야? 누구 마음대로 죽어버리겠다는 거냐고!"

흑색의 투기가 피어올랐다.

"웃기지 마!"

전신을 어둠으로 물들인 채 성시한은 카렌의 시체를 붙잡았다. 죽은 카렌의 양팔을 움켜쥐고 광인처럼 고함을 터뜨린다.

"멋대로 죽게 내버려둘 것 같아!"

혼천기가 카렌의 시신으로 스며들기 시작했다. 사지 말단에서부터 서서히 파고들어 새하얀 팔다리를 검게 물들이며 점점 영역을 넓힌다.

눈살을 찌푸리며 알리타가 그를 불렀다.

"시한, 그녀는 이미 죽었어요……."

평범한 부상이 아니다. 심장이 뚫려 버렸다. 눈앞의 카렌은 그저 온기가 식지 않은 시체일 뿐이다.

하지만 성시한은 알리타의 말을 듣지 않았다.

"…넌 불사의 마녀잖아? 목이 잘려도 3초 안에 붙이면 도로 낫는다며? 그런 당신이 심장 좀 박살 났다고 죽을 리가 없잖아?"

계속 혼천기를 일으키며 혼잣말을 이어간다.

"난 아직 진실을 듣지 못했어."

나직하게 가라앉은 목소리로, 그는 분노를 토해냈다.

"진실을 말하기 전엔 죽음도 허락할 수 없다, 카렌 이나시우스……."

"휴우……."

알리타는 고개를 저었다. 과거의 진실을 알고자 하는 시한의 집착을 이해하지 못할 바는 아니지만, 이건 아니다.

그를 달래기 위해 알리타가 발걸음을 옮길 때였다.

"일단 진정하고… 어?"

카렌의 전신에 희미하게 남아 있던 은빛의 성광이 혼천기의 어둠에 쫓겨 파괴된 심장으로 모이고 또 모인다. 더 이상 후퇴할 곳이 없자 마지막 남은 힘을 다해 여신의 종에게 은총을 내린다.

뼈가 붙고, 근육이 재생성되고, 하얀 피부로 덮인 봉긋한 여인의 가슴이 찢어진 옷깃 사이로 모습을 드러낸다.

정말로 카렌의 심장이 재생되고 있는 것이다!

"…세상에……."

시한이 손을 뗐다. 카렌의 가슴께가 희미하게 움직였다. 새파랗던 입술에 혈색이 돌며 그 사이로 희미한 숨이 새어 나왔다.

"하아아……."

성시한과 카렌을 번갈아 바라보며 알리타는 멍하니 서 있었다. 분명 두 눈으로 지켜봤음에도 현실감이 없는 광경이었다.

'심장이 박살 난 사람이 다시 살아났어?'

이런 분위기에서 이런 생각부터 하는 게 좀 아닌 것 같다는 느낌도 들지만, 저 광경을 본 순간 든 생각은 하나뿐이었다.

'둘 다 진짜 괴물이잖아?'

믿을 수 없는 기적을 일궈냈음에도 불구하고, 성시한은 별로 기쁜 얼굴이 아니었다.

"…정말로 되살려 버렸네……."

오히려 씁쓸한 눈으로 자신의 발치를 내려다본다.

"이론상 가능한 것은 알고 있었지만, 진짜 성공할 줄은 몰랐는데……."

가냘프게 호흡을 잇는 카렌 이나시우스를 향해 그는 복잡한 표정을 지었다.

'과연 나는······.'

한 가지 의문이 시한을 괴롭히고 있었다.

'오직 진실을 듣기 위해서만 카렌을 되살린 걸까?'

# Chapter 3

## 어긋난 마음

쓰러진 카렌을 데리고 시한 일행은 일단 공터를 벗어났다. 하지만 멀리 움직일 순 없었다.

성시한이야 그렇다 치고, 제논과 알리타는 여전히 병에 시달리는 중이다. 카렌에게 당한 부상도 남아 있다.

아무리 이들이 단련된 소드하이어라지만 장시간 움직일 컨디션은 아닌 것이다. 그래서 그들은 카렌이 숨어 있던 글람 마을의 신전으로 돌아갔다.

시한 일행이 돌아오자 난리가 났다.

"까악!"

"선생님!"

무서워하며 아이들은 신전 여기저기로 피했다. 뛰쳐나온 프린 마리아가 경악하며 카렌의 가명을 불렀다.

"맙소사! 프린 리아나!"

시한 일행과 카렌 이나시우스를 번갈아 바라보며 마리아는 부들부들 떨었다. 특히 그녀의 시선은 피투성이가 된 카렌의 옷차림에 집중되어 있었다.

"아아, 이 무슨 험한 일을……."

제논과 알리타가 고개를 갸웃거렸다.

"…네?"

"험한 일이라뇨?"

뭐, 험하긴 험했지. 반경 수백 미터가 박살 나도록 싸워대다가 결국 심장까지 터져 버렸다. 충분히 험한 상황이긴 했다.

하지만 마리아의 말은 그런 뉘앙스가 아니었다.

자, 상황만 보자.

손님이랍시고 칼 쥔 자들이 찾아와 연약한 처녀를 데려갔다. 그리고 반나절 만에 그녀가 피투성이가 되어 돌아왔다. 덤으로 입고 있던 옷가지는 너덜너덜 찢어져 뽀얀 속살을 다 드러내고 있다.

누가 봐도 이건 '남자에게 좋지 않은 일을 당한 여인'의 몰골인 것이다.

안타까워하며 프린 마리아가 울상을 지었다.

"어찌 이 가여운 아이에게 이런 일이……."

그리고 제논을 노려보며 쌍심지를 켰다.

"설마 당신이!"

제논은 눈을 깜빡거렸다.

"…에?"

그제야 마리아가 어떤 오해를 하고 있는지 깨달았다. 그리고 저 오해를 받을 사람이 이 자리에 자신밖에 없다는 사실도 깨달았다.

알리타는 여자애고, 성시한은…….

'설마 저렇게 잘생기고 늘씬한 청년이 그런 짓을 했겠어? 우락부락하고 난폭하게 생긴 저자가 범인이겠지!'

…라는 표정으로 마리아가 제논만을 노려보고 있었으니까. 이래서 선입견이란 무서운 것이다.

기겁하며 제논이 손을 저었다.

"아니, 저기, 그런 거 아니거든요?"

"그럼 이 가여운 아이가 왜 이렇게 되었단 말인가요?

"그, 그건 자기가 한 짓인데……."

"말도 안 되는 소리 마세요! 세상에 자기 옷을 스스로 찢는 처녀가 어디 있습니까!"

"제 말이 그겁니다! 아니, 자기 옷을 왜 굳이 북북 찢어먹어 서……."

억울함의 극에 달해 제논은 울분을 토했다.

아이들이 자기 보고 겁먹는 것도 서러운데 이런 취급까지 당할 줄이야? 덩치 좀 큰 게 그토록 큰 죄란 말이냐?

"절대 아닙니다! 그런 일 없었어요! 확인해 보시면 알 거 아닙니까!"

제논의 옆구리를 팔꿈치로 찌르며 알리타가 눈을 흘겼다.

"…뭘 어떻게 확인해 보라는 거예요?"

핀잔을 던진 뒤 그녀가 마리아를 달랬다.

"생각하시는 그런 일이 아니에요, 프린님. 저도 여자인걸요? 이런 걸로 거짓말하진 않아요."

마리아의 표정이 조금 풀렸다. 일단 알리타의 인상이 꽤 선해 보였고, 또 어느 정도 머리가 식은 이유도 있었다.

생각해 보면 여자애를 데리고 다니는 강간범은 좀 이상하다. 범행을 저지른 뒤 피해자를 도로 곱게 업고 돌아오는 상황도 어째 말이 안 된다.

"아, 알겠습니다. 일단 안으로……."

프린 마리아의 인도에 따라 시한 일행은 혼절한 카렌을 신전 안으로 옮겼다.

방 하나를 치우고 그녀를 침대에 눕힌다. 물론 그 전에 피투성이가 된 옷가지를 벗겼음은 물론이다. 이런 가난한 신전에선 침대보 한 번 빠는 것도 큰일인 것이다.

그래서 남정네 일동은 방에서 쫓겨났고, 알리타가 마리아를 도왔다.

기절한 카렌을 살피며 마리아가 어리둥절해했다.

"어머나?"

겉으로 보기엔 심각한 중상을 입은 것처럼 보인 카렌이었다. 그래서 옷을 벗기며 끔찍한 광경을 볼 각오도 했다.

그런데 정작 그녀의 몸엔 상처가 하나도 없었다.

마리아는 눈을 깜빡거렸다. 아무리 최고위 프린의 치유술이라도 고작 반나절 만에 모든 상처를 다 지우진 못한다.

그렇다면 이건 뭘까?

'…누군가 리아나의 옷을 홀랑 벗긴 뒤, 옷을 갈기갈기 찢고, 도로 입힌 다음에, 마구 피를 뿌렸다? 그 와중에 찰과상 하나 안 내면서?'

상황은 도무지 모르겠다만, 일단 저게 말도 안 되는 소리란 건 알겠다.

알리타를 보며 마리아가 물었다.

"도대체 무슨 일이 있었던 겁니까?"

대답이 궁했다. 그래서 알리타는 기절한 카렌에게 미뤄 버렸다. 뭐, 알아서 하라지.

"그녀가 깨어나면 설명할 거예요. 저희가 말할 처지는 못 되어서……."

대놓고 심각한 분위기를 피운 알리타였다. 그래서 마리아도 더 캐묻지 못했다.

"알겠습니다. 그런데 그쪽도 어쩐지 상태가 좋아 보이진 않네요?"

"도, 독감에 걸려서요."

"…반나절 전엔 멀쩡했었잖아요?"

"병이란 게 원래 소리 없이 온다잖아요? 콜록콜록!"

과장되게 알리타가 기침을 해댔다.

점점 더 상황을 모르겠다. 이미 아픈 사람이 왜 굳이 아픈 사람 연기를 하는 걸까?

"아, 예."

결국 마리아는 더 이상 추궁하길 포기했다.

'그래, 리아나는 무사하니까…….'

나중에 물어보면 될 일이었다.

"기다리세요, 약재를 준비하지요."

마리아의 치유술은 별로 뛰어난 편이 아니었다. 하지만 약을 다루는 솜씨는 꽤 좋았다. 그녀의 도움으로 제논과 알리타도 병세를 다스렸다.

그렇게 시한 일행이 글람 마을의 신전에 머무른 지 이틀이 더 지났다.

카렌 이나시우스는 아직 깨어나지 않았다.


*            *            *


목소리가 들린다. 낯선 여자아이의 목소리다.

"…궁금한 게 있어요, 시한."

익숙한 사내의 목소리가 이어진다.

"뭔데, 알리타?"

"시한이 여는 차원문 있잖아요? 그거 꼭 상대를 전투 불능 상태로 만든 다음에만 쓰는 이유가 있는 건가요? 그냥 기습적으로 적의 머리 위에 휙 열어버리면 안 되나요?"

"에이, 힘 멀쩡하게 남아 있는데 차원문만 덜렁 열었다고 적이 순순히 빨려 들어가 줄 리가 없잖아?"

"하지만 십 년 전의 시한은 대책 없이 당했었잖아요? 이야기 들어보니까 당시에도 완전히 전투 불능 상태는 아니었던 것 같던데요? 광제를 쓰러뜨린 후에도 꽤 힘이 남아 있지 않았어요? 그런데도 당했으면 다른 사람이라도 별 방법 없을 것 같은데……."

"아, 그거랑 이건 좀 달라."

흐릿한 카렌의 의식 속에 사내의 설명이 천천히 흘러갔다.

"십 년 전 내가 귀환한 차원문이랑 지금 여는 차원문은 같지 않아. 엄밀히 말하면 당시 릴스타인이나 사파란은 차원문을 연 게 아니야."

"그게 무슨 소리예요?"

"순서대로 설명을 해야겠네. 일단 젝센가드 때는 내가 차원문을 열었어. 그리고 차원문의 흡입력의 대상을 젝센가드로 지정했지. 결과적으로 차원문이 그를 빨아들이긴 했지만 의도라는 의미로 볼 땐 내가 던진 셈이야."

"아, 그래서 전부터 던진다라는 표현을 쓴 건가요?"

"응. 반면 내가 당했던 건 의미가 달라. 과거의 난 루스클란 황족의 심장을 바치는 의식을 통해 테라노어로 소환됐잖아? 그래서 광제의 심장이 불타도 지구로 돌아가지 않았지?"

"그런데요?"

"하지만 광제가 날 부른 소환 의식의 주체자인 것도 사실이지. 무슨 수를 썼는지는 아직도 잘 모르겠지만, 십 년 전 릴스타인은 그 광제의 심장이 불타고 남은 재를 이용했어. 그래서 내게 걸려 있던 '존재 허락의 계약'을 지워 버렸지."

"…차원문을 연 게 아니라요?"

"단순히 차원문이 열린 것이라면 나도 얼마든지 버텼겠지. 아니면 차원문 자체를 박살 내버렸거나. 하지만 당시의 난 테라노어에 존재하는 것이 허락되지 않은 상태가 되었고, 이 세계는 나를 배제해야 할 이유가 생겼지. 그래서 차원문이 열린 것이고."

"그럼 차원문이 열린 건 원인이 아니라 결과인 셈인가요?"

"그렇지. 그 차원문의 흡입력은 차원 법칙 자체의 권능이었어. 릴스타인이나 사파란이 날 집어던진 게 아니라. 아무리 무신급 소드하이어에 플로어 마스터라도 그런 엄청난 걸 버틸 수 있을 리가 없잖아? 하긴, 이것도 당시에는 몰랐고 지구로 돌아가 차원 연구를 하다가 알아챈 사실이지만."

그 설명은 마법학에 대한 깊은 이해를 담고 있었다. 사내의 이름을 떠올리며 카렌이 무심결에 미소를 지었다.

'…강해졌구나, 시한.'

과거의 이계구원자 성시한은 분명 상아탑 9층의 마기언밖에 쓸 수 없는 강력한 마법들도 얼마든지 구사할 수 있었다. 그래서 사람들은 그를 플로어 마스터라 칭했다.

그러나 그는 사실 마학에 대한 이해가 거의 없었다. 단순 암기, 그리고 마력의 흐름을 복제해 구현하는 것으로 똑같이 흉내 냈을 뿐이었다.

대부분의 마법을 시전하는 것이 가능하지만 그 본질을 폭넓게 이해하진 못한다. 붉음과 푸름은 알고 있지만 섞여서 보라색이 되는 것을 알지 못하는 것과 같다.

마법 각자에 대해선 알아도 그 깊이가 얕으니 서로 간의 관계에 대해선 모른다.

하지만 지금은 달랐다. 충분히 마법에 대한 이해와 깊이가 생겼다.

기쁜 일이었다.

그가 강해질수록, 자신이 가진 것에 대한 이해가 깊어지면 깊어질수록…….

'…원하는 것을 손에 넣기도 쉬워질 테니까.'

의식의 밑바닥을 몽유하며 카렌은 기뻐했다. 성시한의 목소리가 이어졌다.

"그런데 이건 왜 물어보는 거야?"

여자애의 대꾸가 들렸다.

"혹시나 해서……."

알리타라 불린, 돌아온 성시한이 새롭게 맺은 인연의 목소리였다.

"누군가가 시한을 노리고 기습적으로 차원문을 열어버리면 당시처럼 맥도 못 추고 귀환당할 수도 있을지도 모른다고 생각했어요."

"그렇진 않아. 지금의 난 심장을 바치는 의식이 아니라 알리타, 네가 소환한 셈이잖아? 네 심장이 불타지 않는 한 나는 테라노어에서 계속 존재를 허락받아. 그때처럼 세계가 나를 배제할 일은 없지."

소녀가 안도의 한숨을 내쉬었다.

"다행이네요."

진심으로 시한의 안위를 걱정하는 듯한 목소리였다. 그래서 카렌은 다시 한 번 기뻐하며 미소를 지었다.

그러던 중이었다.

그녀는 문득 의아해했다. 자신이 시한과 알리타의 음성을 듣고 있다는 사실을 자각한 탓이다.

'아……?'

그녀는 죽었다. 죽은 자는 산 자의 목소리를 들을 수 없다.

또한 카렌은 자신이 '생각'을 하고 있다는 사실도 깨달았다. 죽은 자가 생각 따윌 할 수 있을 리가 없다.

'…어째서?'

일단 자각하고 나니 가라앉아 있던 그녀의 의식이 맹렬히 수면 위로 떠오르기 시작했다.

"으으……."

카렌이 눈을 뜨며 신음을 흘렸다.

"어머?"

침상 곁에 앉아 있던 알리타가 그 사실을 알아챘다.

"그녀가 깨어났어요!"


천천히 몸을 일으킨 뒤 카렌은 슬그머니 가슴에 손을 얹었다. 두근거리는 심장의 박동이 느껴졌다.

"심장이 뛰고 있어……."

분명 자신의 손으로 쪼갠 심장이었다. 그 심장이 지금 가슴 속에서 멀쩡히 맥동하고 있었다.

'어떻게?'

의아해하면서 카렌은 침상을 짚었다. 하지만 힘이 없었다. 상체를 일으키는 게 고작, 온몸이 축 늘어져 나른하기 그지없다.

'아니, 멀쩡한 건 아닌가.'

이내 그녀는 상황을 알아차렸다.

지금 뛰고 있는 심장은 실은 재생된 것이 아니었다. 남아 있는 심장 부분은 고작해야 10% 미만, 나머지는 극한까지 응축된 신성력이 현실에 구현화되어 모자란 신체 부위를 대체하고 있다.

'그래서 이렇게 힘이 없구나……'

단순히 체력이 없다는 의미가 아니다. 카렌의 권능을 지탱하던 막대한 신성력이 모조리 사라진 심장을 대체하는 데 소모되어 버렸다.

이제 그녀는 더 이상 불사의 마녀가 아니었다. 견습 프린 수준의 신성력조차 없는, 평범하기 짝이 없는 일개 여인일 뿐이다.

고개를 돌려 성시한을 올려다보며 카렌이 물었다.

"…어떻게 한 거죠?"

아무리 천하의 이계구원자라도 죽은 자를 되살리는 건 어불성설이다. 시한이 딱딱한 목소리로 답했다.

"내가 한 건 별로 없어."

그는 카렌을 되살린 것이 아니었다. 그저 혼천기를 이용해 그녀에게 남아 있던 모든 신성력을 심장 부위로 몰아넣었을 뿐이다.

"당신이 되살아난 건 당신의 힘 때문이야, 카렌."

물론 그렇게 재생력을 집중시키지 않았다면 아무리 불사의 마녀라도 되살아나지 못했겠지만.

"혼천기를 그런 식으로도 운용할 수도 있다니… 굉장하네요."

성시한은 아무런 대꾸도 하지 않았다.

눈앞의 카렌은 추억 속의, 십 년 전의 그녀로 돌아와 있었다. 적의도 살의도 전혀 보이지 않았다. 말투 역시 다정한 존대를 쓰고 있었다.

복잡한 심경이었다.

심호흡을 하며 시한이 무뚝뚝하게 물었다.

"…처음부터 이럴 생각이었나?"

전투 중에는 미처 느끼지 못했다. 머리가 식고 나서야 겨우 깨달았다.

성시한의 귀환을 예상했고, 가짜 카렌의 트리거를 통해 이미 확인도 한 상황이다. 정말 카렌이 그를 죽이려 했다면 함정을 파고 부하들을 동원해 최선의 준비를 하고 있어야 했다.

하지만 그녀는 이런 외딴곳에서 홀로 기다리고 있었다.

전투 중에도 마찬가지였다.

시한을 상대하며 카렌은 지나치게 여유를 부렸다. 심지어 그 와중에 중요한 정보를 건네주기까지 했다. 릴스타인과 관련된 검은 촉매 가루라는, 시한의 차후 행보에 영향을 줄 필수적인 정보를.

분명 그녀에겐 적의도 살의도 가득해 보였지만 그 속에 진심은 없었다.

"처음부터 내 손에 죽을 생각이었던 거냐고?"

카렌이 힘없이 대답했다.

"…난 당신에게 용서를 구할 자격이 없으니까요, 시한."

혼잣말처럼 그녀의 목소리가 이어졌다.

"당신은 내게 복수할 자격이 있어요. 그렇다면 그 복수에 최대한 응하는 것이 배신자의 의무겠지요."

하지만 설마 성시한이 바라는 복수가, 그녀의 죽음이 아닌 테라노어에서의 추방일 줄은 몰랐다. 크론 리자테를 섬기는 몸으로 테라노어가 아닌 곳에서 죽을 순 없다. 그래서 어쩔 수 없이 마지막엔 자결이라는 어설픈 마무리를 지을 수밖에 없었다.

"…아무래도 내겐 그리 연기의 재능이 없었나 보네요."

시한은 인상을 구겼다.

"뭐야, 그게?"

배신을 했으면 용서를 빌어야지? 용서를 빌 수 없으니 대신 죽으려고 했다고? 그게 무슨 말도 안 되는 소리야?

도무지 카렌의 말을 이해할 수 없다. 그녀가 고개를 숙였다.

"이해를 바라진 않아요, 시한."

'아니, 이해하기 싫다는 소리가 아니라 아예 이해가 안 된다고!'

답답해진 시한이 연신 눈을 깜빡였다. 카렌이 말을 이었다.

"왜 배신했냐고 물었죠?"

"그, 그랬지."

"말할게요, 전부. 하지만 그 전에……."

그녀가 시선을 돌려 알리타를 바라보았다.

"알리타 양… 이라고 했던가요?"

"네? 네, 그렇습니다만……."

옆에 서 있던 알리타가 흠칫거리며 조심스럽게 대답했다.

모든 힘을 잃었음에도 불구하고 카렌에겐 여전히 여왕다운 기품과 분위기가 있었다. 자기도 모르게 경의를 가지고 대하게 된다.

차분하게 카렌이 말을 이었다.

"미안하지만, 잠시 둘만 있게 해줄 수 있을까요?"

*　　　*　　　*

제논은 복도에 서서 황당해했다.

"…처음부터 시한 손에 죽을 작정이었다고? 그래서 일부러 그런 모습을 보였다고?"

"네."

설명을 마치며 알리타는 고개를 끄덕였다. 그리고 성시한과 카렌이 있는 방 쪽을 바라보며 안타까운 표정을 지었다.

"슬픈 이야기네요……."

반면 제논은 반응이 좀 달랐다.

"그게 무슨 헛소리인가?"

아직도 카렌에게 정통으로 맞은 가슴께가 뻐근하다. 아직도 플레이그 블레스 때문에 온몸이 쑤신다.

솔직히 그땐 정말 죽는 줄 알았다.

"아니, 일부러 죽으려고 한 거면 왜 그리 무시무시하게 날뛴 건데?"

투덜거리는 제논을 보며 알리타가 입술을 삐죽였다.

"그럴 수도 있잖아요? 죄책감이 너무 커서 오히려 더더욱 극단적으로 치닫게 되는……."

제논에겐 이해할 수 없는 소리였다. 죄책감이 크면 클수록 그만큼 성의를 다해서 용서를 구해야 하는 것 아닌가?

"용서받을 자격이 없으니까 전력으로 살의를 보인다는 건 대체 무슨 논리인가?"

"이건 논리의 문제가 아니잖아요?"

사람의 감정이란 게 그렇게 말하는 대로 딱딱 이루어질 리가 없잖아? 감정이 논리의 흐름대로만 흘러간다면 세상에 싸움은 왜 있고 전쟁은 왜 있을까? 모두가 서로를 이해하고 받아들이는 지상낙원이 될 텐데?

제논이 혀를 찼다.

"도무지 이해를 못 하겠군!"

알리타도 혀를 찼다.

"이걸 왜 이해를 못 해요?"

어처구니없다는 눈빛으로 서로를 바라본다.

'하여튼 여자들이란! 도무지 앞뒤가 안 맞는다니까?'

'하여튼 남자들이란! 도무지 섬세하질 못하다니까?'

어쨌거나, 양쪽 모두 당사자는 아니다. 제논과 알리타는 흥분을 가라앉히고 방문 쪽으로 시선을 보냈다.

성시한과 카렌 이나시우스, 둘만 남아 있는 방이었다.

십 년 만에 재회한 두 사람은 과연 무슨 이야기를 하고 있을까?

*　　　*　　　*

벌써 몇 번이나 되풀이했던 질문이었다. 이미 흥분도, 격앙된 감정도 가라앉았다.

그래서 성시한은 태연하게 물었다.

"그래서… 대체 왜 배신한 건데?"

어쩌 남의 이야기를 하는 듯한 무심한 어조였다. 카렌이 더더욱 고개를 숙였다.

"미안해요……."

지금 시한의 목소리에서 그녀에 대한 원망이나 분노는 그다지 느껴지지 않았다.

그래서 더더욱 어깨가 무거웠다. 차라리 복수를 외치며 증오를 퍼부을 때가 더 마음이 편했다.

하지만 성시한은 그럴 기분이 아니었다. 솔직히 말하면, 지금 그는 다른 쪽에 더 정신이 팔려 있었다.

"그리고 말이야, 카렌. 아까 마지막으로 뭐라고 했었는데……."

살짝 얼굴을 붉히며 말을 얼버무린다.

"저기, 그게 무슨 의미인지⋯⋯."

카렌을 보다가, 바닥을 보다가, 천장도 한 번 보는 등, 참 성실하게도 딴청을 피우며 애써 말을 잇는다.

"나, 난 잘 모르겠어서⋯⋯."

배신이나 복수 못지않게 카렌이 자살하기 직전 터뜨린 그 폭탄 발언이 신경 쓰이는 것이다.

난 널 동생처럼 여긴 적이 없어, 시한⋯⋯.

난 네 누나가 아니야! 우린 남매가 아니라고!

왜 하필 레비나였어?

내가 널 먼저 만났었는데!

'⋯카렌이 나를?'

머릿속 사고 회로에 출근길 러시아워가 펼쳐진 것 같았다. 뭔가 하염없이 복잡한데 뭐가 복잡한지도 잘 모를 것 같은 그런 기분?

'그, 그런 느낌은 받은 적 없는 것 같은데⋯⋯. 그냥 흥분해서 한 소리? 하지만 보통 흥분한다고 그런 소릴 하나?'

애써 무뚝뚝한 표정을 유지하며 그는 슬쩍 카렌을 바라보았다.

그녀의 얼굴은 평온했다. 카렌이 담담하게 숨을 골랐다.

"하아."

그러더니 조금 뜬금없는 물음을 던졌다.

"기억하나요, 시한? 마스텔 평원의 전투를?"

"응?"

의아해하며 성시한은 고개를 끄덕였다. 그야 기억하지 못할
리가 없었다.

루스클란 제국력, 1009년의 초여름이었다.

웨스트 클라니움의 군주였던 루스 대공작이 이끄는 제국
서부군과 성시한, 릴스타인이 이끌던 혁명군이 마스텔 평원에
서 맞붙었다.

무수한 피를 흘린 끝에 결국 혁명군은 승리했다. 그 승리로
인해서 혁명 세력은 루스클란 제국을 무너뜨리는 초석을 쌓
을 수 있었다.

"두 사람의 승리로 혁명군은 웨스트 클라니움을 장악했고,
이후 뒤처리를 위해 모두가 그 도시로 모였었지요."

잔잔한 목소리로 카렌이 이야기를 풀어냈다.

"그때의 일이에요."

내일을 기약할 수 없는 나날이었다.

강대한 루스클란 제국에 비해 혁명의 세력은 미약하기 그지없
었다. 그저 하루하루 살고자 발버둥 칠 뿐이었다.

하지만 혁명군은 꺾이지 않았다. 고난 속에서도 동료를 늘리

고, 세를 불리고, 전력을 키워갔다.

그리고 결국 승리했다. 제국 4대 도시 중 하나, 웨스트 클라니움을 함락시켰다.

드디어 자유의 불꽃이 현실감을 띄고 타오르기 시작했다. 이제야 제국과 대등한 '적'이 되어 싸울 수 있을 만큼의 세력이 갖추어졌다.

혁명군은 세상을 바꿀 수 있을 만큼 커졌다.

그 의미는 곧, 그들을 지휘하는 혁명 7영웅의 어깨도 더욱 무거워졌음을 뜻했다.

웨스트 클라니움을 다스리던 루스 대공작의 중앙궁, 석양의 창.

화려한 고딕 양식으로 지어진 웅장한 궁성의 한 회의실에서 혁명군의 일곱 리더가 모여 의견을 나누고 있었다.

흑발에 금안을 지닌 잘생긴 청년이 질문을 던진다.

"전후 처리는 어떻게 되어가나, 사파란?"

금발에 녹색 눈을 지닌 아름다운 청년이 대꾸한다.

"자레트와 드폴에게 일임했다, 릴스타인. 둘 다 잘해주고 있어."

전투는 포로를 낳게 마련이다.

루스클란 제국은 혁명군 포로 대부분을 처형하거나 노예화시키는 잔인한 방식으로 대했다.

반면 혁명군은 보다 너그러웠다.

전쟁에 책임이 큰 고위 지휘관은 마찬가지로 처형했지만, 중간 지휘관이나 일개 병사들은 전향을 원하면 혁명군으로 받아들였다.

물론 조금 전까지 목숨 걸고 싸운 적을 아예 용서할 순 없는 일이다. 아군의 사기에 영향을 주니까.

그래서 남들이 기피하는 허드렛일 쪽 병사로 쓰긴 했지만 적어도 생명을 빼앗거나 학대하는 일은 없었다. 심지어 본인이 원한다면 고향으로 돌아가는 것도 허용했다.

자레트와 드폴, 사파란의 부하인 저 둘은 원래부터 저런 업무를 해왔던 이들이었다. 이번에도 그들은 훌륭히 자신의 임무를 다하고 있었다.

사파란의 보고에 듬직한 체구의 30대 사내와 은발의 아름다운 소녀가 고개를 끄덕였다. 같은 혁명 7영웅의 일원, 뇌화의 테오란트와 시프 퀸 레비나였다.

"그렇군."

"고생하네, 사파란."

사파란의 일 처리에 반대하는 이는 없었다. 어차피 이제껏 해 온 익숙한 방식이니까.

문득 사파란이 표정을 굳혔다.

"문제는 익숙하지 않은 쪽인데……."

웨스트 클라니움을 함락시키며 그간 없었던 새로운 문제가 생겼다.

이 도시에 머물러 있던 루스클란 황족들을 대거 붙잡게 된 것이다.

전투에 참가한 이들은 물론이고, 민간인으로서 웨스트 클라니움에 거하던 수많은 황족들 역시 누리던 지위와 재산을 잃고 일개 포로의 신분으로 몰락했다.

사파란이 난처한 듯 중얼거렸다.

"이제까지의 전투에서 이계 소환술사를 포로로 잡았을 경우엔 살려둔 적이 없었지. 전향시켜 받아들이기엔 너무 위험한 존재였으니까."

더구나 전투에 참가한 이계 소환술사쯤 되면 다들 고위직인지라, 어차피 처형시켜야 할 대상이었다.

"하지만 지금 붙잡힌 황족들은 다들 민간인이다. 노인과 아녀자들도 많지."

검은 머리의 십 대 소년, 이계구원자 성시한이 근심하며 물었다.

"그들의 색출은 제대로 하고 있는 거야, 사파란? 실수로 억울한 자가 생기면 곤란해."

대답한 것은 마찬가지로 검은 머리의 갈렌족 미녀, 카렌 이나시우스였다.

"그건 걱정 마세요, 시한. 확실히 처리하고 있으니까요."

루스클란 황족의 혈통엔 이계소환의 권능이 잠재되어 있다. 이는 테라노어의 상식이다.

그러나 그것이 모든 황족이 이계소환술을 쓸 수 있다는 의미는 아니다.

이계소환의 권능이 강한 황족을 피가 짙다고 표현하긴 하지만 이건 어디까지나 상징적인 비유고 현실은 조금 다르다.

초대 황제 루스클란 1세의 시대에서 벌써 천 년이 지났다. 천년 내내 황족끼리 근친 교배만 해온 것이 아닌 이상에야 초대 황제의 피 자체는 옅어질 수밖에 없다.

루스클란의 혈통 마법은 피를 받은 개인의 자질에 따라 후대에 강해지기도 한다. 그렇기에 천년의 세월 동안 꾸준히 이어질 수 있었던 것이다.

"반면 황족의 계보는 부친을 통해 이어지는 서류상의 지위일 뿐이죠. 그러니 실제로 힘이 있는지 없는지는 확인해 보기 전엔 알 수 없지요."

카렌 이나시우스의 말대로, 단순히 루스클란 황족이란 이유만으로 잠재적인 이계 소환술사라 볼 순 없다. 그래서 그녀와 사파란은 수하 마기언들을 시켜 실제로 혈통 마법의 힘이 내재되어 있는 이들만을 따로 색출하고 있었다.

루스클란 혈통 탐지 마법.

이계 소환의 권능이 잠재되어 있는지 파악하는 이 수법은 원래부터 루스클란 제국이 대대로 사용해 오던 것이었다.

이계의 마물은 제국의 가장 강력한 전력 중 하나고, 그걸 위해 이계 소환술사를 양성하는 것은 당연한 일이다. 또한 양성을 하려면 일찌감치 재능 있는 자를 파악해 둘 필요가 있다.

역대 황제의 명에 따라, 테라노어의 4대 상아탑에선 루스클란 혈통 탐지술이 발달해 있었다.

그것이 지금 숙청을 위한 수법으로 바뀌었다.

카렌이 침착한 목소리로 말을 이었다.

"일단 혈통에 힘이 잠재된 이들은 따로 격리시켜 놓았어요. 하지만 역시 대다수가 실제로는 이계소환술을 모르더군요."

자질이 있다 해서 전부 이계 소환술사가 되는 것은 아니었다.

애초에 루스클란 혈통 탐지술은 혈통 마법의 강약(强弱)이 아닌 유무(有無)만을 판가름할 뿐이었다. 자질이 있다고 판명되어도 그것이 뛰어난 이계 소환술사가 될 수 있다는 보장을 해주진 않았다.

또한 인간의 재능은 하나가 아니며, 반드시 가장 특출한 재능에 맞춰 미래의 직업을 선택하라는 법도 없다.

아무리 재능이 출중해도 본인이 원하지 않는다면 과연 그 길을 걸을 이유가 있을까?

그래서 혈통 마법이 잠재되어 있거나 심지어 그 재능이 뛰어나더라도, 현실적으로 다른 길을 걷는 황족들의 수는 의외로 적지 않았다.

근육질의 거한, 젝센가드가 팔짱을 낀 채 인상을 썼다.

"하지만 카렌, 어쨌거나 그놈들은 이게 소환술을 쓸 수 있다는 소리지? 익히기만 하면 말이야."

레비나가 고개를 끄덕였다.

"강약의 차이는 있겠지만 일단 가능성은 충분하겠지."

테오란트의 안색이 굳었다.

"역시… 선택의 여지가 없나?"

카렌과 사파란의 표정도 우울해졌다.

"결코 원하는 일은 아니지만……."

"어쩔 수 없을 것 같네."

릴스타인이 깊은 한숨을 쉬며 단언했다.

"모두 처형할 수밖에 없겠지."

다른 이들도 내키지 않는다는 얼굴로 고개를 끄덕였다. 릴스타인의 말에 동의한 것이다.

단 한 사람만 빼고.

얌전히 듣고만 있던 검은 머리의 십 대 소년이 자리에서 벌떡 일어났다.

"잠깐! 다들 지금 무슨 말을 하고 있는 거야?"

카렌의 이야기를 듣다 말고 성시한이 씁쓸한 표정을 지었다.

"아아, 기억나. 그때 꽤 말다툼을 했었지."

"말다툼……."

카렌이 슬픈 얼굴로 고개를 저었다.

"그걸 단순한 말다툼으로 기억하고 있다면… 당신은 아무것도 이해하지 못한 거예요, 시한."


회의실 가득 날카로운 고함이 울려 퍼졌다.

"다들 제정신이야? 격리된 루스클란 중엔 열 살 남짓의 어린아이들도 있어! 그런 아이들까지 모두 죽이겠다고?"

시한의 외침에 릴스타인이 한숨을 내쉬었다.

"우리도 좋아서 이런 결론을 내린 게 아니야."

루스클란 황족이 다루는 이계의 마물은 너무도 강력하고 위험한 존재다. 설사 노인이나 아녀자라도, 그 무시무시한 능력을 발하는 순간 최강의 적이 되어버린다.

"…후환을 만들 순 없잖아?"

릴스타인의 반문에 성시한이 인상을 썼다.

"죄를 지어서가 아니라, 단지 죄를 지을 가능성이 있다는 것만으로 처형하겠다고? 그럴 거면 소드하이어는? 마기언은? 프레이어는? 그들 역시 누군가를 해칠 힘이 있잖아? 전향한 제국의 강자들은 살려두는데 왜 항복한 황족들은 처형해야 한다는 거야?"

사파란이 대신 대답했다.

"이계 소환술사는 관리가 되지 않아, 시한. 그 차이는 커."

테라노어의 마법은 결코 약하지 않다. 상대의 힘을 억제하고, 정해진 장소에 수용한 뒤 마법적 조치를 가하면 소수로도 다수의 강자들을 포로로 관리하는 것이 가능하다.

하지만 이계의 마물에겐 마법이 통하지 않는다.

"아무리 마법적 조치를 취해도 근소한 마력까지 전부 억제할 수 없어. 그리고 루스클란 놈들은 그 정도 마력만으로도 이계의 마물을 불러버리지."

물론 부른 마물을 제어할 수야 없겠지만, 갇힌 입장에서는 날뛰게 만들기만 해도 충분하다.

"만약 루스클란 황족 포로를 따로 격리하고 제대로 관리하려면 수천의 군세와 수십의 소드하이어, 프레이어가 필요할 거야. 지금 우리에겐 그 정도의 여력이 없어."

상대는 테라노어 전역을 지배하는 천년 제국 루스클란이다. 혁명군의 전력을 다해도 모자랄 판이다.

"설사 그런 여력이 있다 해도, 관리하는 이들의 안전을 보장할 수가 없고."

자칫하면 수천의 군세가 모조리 이계 마물의 먹이로 전락할지도 모른다.

사파란의 설득에 테오란트도 동참했다.

"중요한 것은 아군의 안전이다, 시한. 눈앞의 정의감 때문에 억울한 자의 피를 흘리게 할 순 없지 않느냐?"

성시한은 고개를 절레절레 저었다.

도저히 납득할 수가 없었다.

"그게 무슨 소리야, 테오란트? 억울한 자의 피를 흘리게 할 수 없으니까, 억울한 자의 피를 흘리게 하자는 거야?"

잠자코 듣고 있던 릴스타인이 날카로운 어조로 끼어들었다.

"대체 루스클란 황족의 어디가 억울하다는 거야, 시한?"

아무리 어린아이라도 황족으로 태어났다면, 부모 밑에서 황족으로서 누릴 것은 다 누렸다는 의미.

"이득은 다 취한 주제에 그 죗값은 피하겠다니, 그 무슨 뻔뻔한 소리냐고, 그게."

"그렇다고 부모의 죄를 자식에게 대속시킬 수는 없는 거잖아?"

시한의 반문에 다른 혁명 6영웅의 표정이 묘해졌다.

"응?"

"그게 지금 무슨……."

성시한은 미처 모르고 있었지만, 여기서 21세기 한국인 소년과 테라노어인의 결정적인 인식이 갈리고 있었다.

"아니, 그럼……."

젝센가드가 황당하다는 듯 되물었다.

"자식 말고 그 누가 부모의 죄를 대신할 수 있다는 거야?"

여자와 어린아이를 해치는 것은 테라노어에서도 비난받아 마땅한 일이다. 그렇기에 혁명 6영웅들은 루스클란 황족의 아녀자들까지 모조리 처형한다는 선택을 내리며 괴로워했다.

하지만 그 선택이 잘못되었다고 생각하지는 않았다.

자식이 부모를 고를 수 있는 것이 아니며, 하나의 인격체로 존중받아야 한다는 것이 현대 지구의 사고방식.

반면 테라노어에서 자식은 부모의 소유물이다. 부모로 인해 세상에 났고 그 밑에서 자라났으니, 장성해 독립하기 전까진 부모들이 자식의 생사여탈권을 쥐고 있다.

그렇다고 부모가 자식을 멋대로 죽이거나 하는 짓이 테라노어에선 범죄 행위가 아니라는 의미도 아니다. 모든 인간은 일월성신의 자식이니 설사 부모라도 자식을 살해하는 것은 큰 죄다.

하지만 지구의 현대 문명과 비교하면 매우 가벼운 죄이기도 했다.

테라노어에서 자식이 아비를 살해하면 사지를 부러뜨리고 죽을 때까지 장대에 매달아놓는 형벌을 내린다.

반면, 아비가 자식을 살해하면 가축의 일부를 몰수해 일월성신께 바치고 태형 스무 대를 가하는 것으로 끝이다.

이것이 이 세계의 보편적인 율법인 것이다.

이런 세상 속에서 살아온 혁명 6영웅들에게 지구인 소년 성시한의 외침은 실로 비논리적이었다.

'…부모의 죄를 자식에게 대속시킬 수는 없는 거잖아?'

부모로부터 받은 재능과 재산, 교육이며 의식주는 모두 인정하면서 부모의 죄는 자식에게 물릴 수 없다?

도저히 이해할 수 없는 궤변이다.

허리를 편 채 테오란트가 근엄한 목소리로 말했다.

"그들에겐 부모로부터 내려오는 원죄가 있다, 시한. 저들의 처지가 안타깝다는 점은 동의하지만 그렇다고 죄가 없다고 할 순 없지."

성시한은 인상을 구겼다. 뭔가 반박을 하고 싶은데 뭐라 해야 할지 생각이 정리되지 않는다.

그는 아직 십 대 소년, 한국 나이로 치면 이제 갓 고등학교를 졸업할 나이였다.

하물며 그 고등학교조차 제대로 다니지 못했다. 입학하자마자 이 세계에 덜렁 떨어져 버렸으니까. 중학교 때도 학교 땡땡이 치고 놀러 다니다 보니 별로 공부란 것과 인연이 없었다.

부모의 죄를 자식에게 물려선 안 된다는 건 안다. 교과서에 그렇게 쓰여 있었으니까.

하지만 왜 그러면 안 되는지는 모른다. 그냥 다들 당연하게 여겼으니 시한 본인도 그렇게 여겼다.

자신도 모르는 것을 남에게 설명할 수는 없다.

시한이 말을 더듬었다.

"…그, 그렇다고 어린아이와 여자들까지 죽일 순 없는 거잖아?"

반박은 떠오르지 않지만 그렇다고 찬성할 수도 없었다. 비록 이유를 설명할 순 없지만, 그래도 그것이 옳지 않다는 것만은 확신할 수 있었다.

"이러면 우리가 광제랑 다른 게 뭔데!"

결국 릴스타인이 폭발했다.

"야! 성시한, 이 철딱서니 없는 새꺄! 누군 뭐 좋아서 이러는 줄 알아?

테이블을 내려치며 언성을 높인다.

"우리 뒤엔 우릴 믿고 따르는 수많은 병사들이 있어! 그들의 목숨을 알량한 정의감 때문에 칼끝에 올려놓겠다는 소리냐? 피비린내 나는 미래가 다가올 걸 알고 있는데 그걸 그냥 두고 보겠다고? 옳은 선택이 아니라는 이유만으로?"

"피비린내 나는 미래가 다가올지 아닐지는 모르는 거잖아!"

성시한의 언성도 높아졌다.

"대체 무슨 자격으로 미래를 멋대로 단정 짓겠다는 거야?"

황금빛 눈동자를 빛내며 릴스타인이 단언했다.

"수많은 이들의 미래를 어깨에 짊어진 자의 자격으로!"

시한의 말문이 막혔다. 릴스타인의 눈빛은 전혀 흔들림이 없었다.

"타인의 운명을 짊어진 자가, 다가올 미래를 아무런 대책 없이 수용하기만 하란 말이냐? 응? 그게 옳다고 말하는 거야?"

성시한과 릴스타인.

가장 처음부터 함께한, 가장 우정 깊은 두 사람이 얼음장 같은 눈으로 서로를 응시한다.

말은 없었다. 침묵이 흘렀다.

한겨울처럼 차가운 분위기가 회의장에 내려앉았다.

분위기를 환기하려는 듯 카렌 이나시우스가 잔잔한 목소리로 말했다.

"…프린의 약학 중에는 환자를 치료하기 위해 독을 쓰는 경우가 있지요. 오로지 약재로만 병을 다스릴 수는 없으니까."

문제는 독을 쓸 경우 돌이킬 수 없는 부작용이 남는다는 것이다. 신체 일부가 마비된다거나, 눈이 먼다거나 하는 식으로.

그래서 독을 써 환자를 치료하는 것은 어떤 프린이라도 탐탁지 않아 하는 행위였다.

"하지만 그로 인해 죽어가는 환자의 생명을 살릴 순 있죠. 불구로라도 사는 것이 죽는 것보단 낫잖아요?"

카렌이 달래듯 말을 이었다.

"…시한 말이 옳아요. 그들을 죽여서는 안 되지요. 그게 옳은 일이에요. 하지만 그들은 죽어야 해요. 테라노어가 살아나기 위해서는."

고개를 저으며 사파란도 시한을 바라보았다.

"아까 시한, 네가 말했었지? 이러면 우리가 광제랑 다를 게 뭐냐고."

혁명 6영웅은 '테라노어'라는 환자를 살리기 위해서 독을 쓴다.

"광제는 환자를 낫게 할 생각이 없어. 오직 빈사 상태의 노예를 하루라도 더 부려 먹기 위해 독을 먹이지."

테오란트가 한숨을 내쉬었다.

"결과가 수단을 정당화시켜 주진 않지. 나도 안다."

정당화하겠다는 소리가 아니다. 이건 죄악이다. 그건 알고 있다.

"하지만 죄를 저질러야 보다 많은 힘없는 백성들을 구할 수 있다면, 죄를 범해야 해."

그것이 누군가의 위에 선 자의 의무다.

"그걸 알면서도 죄를 피하겠다면 그 또한 죄악이 아닌가?"

말없이 듣고만 있던 젝센가드가 머리를 벅벅 긁었다.

"아우, 말들 참 더럽게 어렵게 하네."

그래도 다들 한마디씩 하니 자기도 뭔가 하긴 해야 할 것 같다.

"쓰벌, 내 복잡한 소린 못 하겠지만 이건 알겠다."

젝센가드가 황소 같은 눈을 부릅떴다.

"이것은 전쟁이야, 시한. 전쟁 속에선 어쩔 수 없는 선택을 해야 할 경우가 있다. 아무리 무식한 나라도 그 정도는 알고 있어."

시한은 친구들을 둘러보았다.

"……."

가슴이 답답했다. 누구도 그를 지지해 주지 않았다.

더욱 답답한 이유는 그의 친구들이 악한 자라서 저런 선택을 내린 것이 아니란 점이었다.

애원하듯 카렌 이나시우스가 말한다.

"이해해 줘요, 시한. 현실적으로 어쩔 수 없어요. 물론 시한의 의도는 참으로 고결하지만……."

그녀는 차마 다음 말을 잇지 못했다.

비현실적인 고결함 따윈 현실에서 가치가 없다…….

릴스타인이 의자에 몸을 파묻었다. 그리고 비아냥거렸다.

"지구는 참 좋은 곳이구나. 그곳의 사람들은 참으로 사람 목숨을 귀히 여기는 모양이야."

비아냥은 비아냥인데, 시한이 대상이라기보단 오히려 릴스타인 스스로에 대한 비아냥이다.

"참으로 훌륭해, 참으로 부러워."

하지만 여긴 테라노어다. 지구가 아니다.

"…네 기준을 이곳에 맞출 순 없어, 시한."

오랜 친구인 릴스타인의 싸늘한 목소리에 시한은 깨달았다. 무슨 말을 해도 소용없다는 것을.

그의 친구들은 뜻을 바꿀 생각이 없다. 바꿀 이유를 느끼지 못하고 있으니까.

문제는, 시한 본인도 그 이유를 설명할 수가 없다는 것이다. 그저 가슴속 한구석에서 결코 용납해선 안 된다는 외침만이 끓이지 않을 뿐이다.

답답하다.

답답하고, 답답하고, 답답하다.

"…현실적으로 어쩔 수 없다고? 왜 어쩔 수 없다고 단정 짓는 건데?"

아직 앳된 소년의 얼굴이 서서히 일그러졌다.

"그런 현실을 깨부수기 위해 우리가 힘을 합친 것 아니었어?"

혁명 6영웅이 슬그머니 성시한의 시선을 외면했다.

시한은 눈을 감았다.

"좋아……."

그리고 결심했다.

"다들 뜻이 정 그렇다면……."

등에 멘 투핸디드 소드에 손을 가져간다. 커다란 대검이 스르릉 소리와 함께 검집을 빠져나온다.

동시에 시한의 어깨너머로 가공할 기세가 폭풍처럼 일어났다.

푸른빛이 회의실을 밝히며 사방으로 퍼져갔다. 젝센가드며 테오란트가 기겁해 자리를 박차고 일어섰다.

"윽! 파천기?"

"…이게 무슨 짓이지, 시한?"

다른 이들의 안색도 창백해졌다.

수많은 광제의 마물을 도륙하며 혁명군을 이 자리까지 이끈 이계구원자의 빛이, 지금 혁명 6영웅을 향해 겨눠지고 있었다.

"만약 죄 없는 이들까지 처형하겠다면……."

흔들림 없는 각오를 담아 성시한이 소리쳤다.

"난 너희들 앞을 막겠어!"

파천기의 푸른 살기가 회의실을 뒤덮었다. 젝센가드와 레비나, 테오란트가 반사적으로 무기로 손을 가져갔다.

"어이!"

"시한?"

"…무슨 의미인가, 이건?"

성시한은 살기를 거두지 않았다. 카렌과 릴스타인, 사파란의 안색도 점점 굳어졌다.

자신들을 노려오는 시한의 살기엔 흔들림이 없었다. 물론 그렇다고 시한이 친구들을 죽이려 한다는 의미는 아니다. 살인에 익숙한 전사라면 설사 본심이 아니더라도 쉽게 살기를 일으킬 수 있다.

저건 '무슨 일이 있더라도, 설사 생사를 가르는 한이 있더라도 결코 뜻을 굽히지 않겠다.'라는 결의의 표현이다.

"모두들 미안해. 하지만 이것만은 절대 용납할 수 없어!"

고함을 터뜨리며 시한은 파천기의 투기를 더욱 거세게 끌어올렸다. 가공할 투기의 압박이 회의실 전체를 짓누르기 시작했다.

'맙소사!'

그 기세를 느끼며 카렌은 경악했다. 성시한의 투기가 상상 이상이었다.

'몇 달 전만 해도 저 정도는 아니었는데?'

대륙 전역에서 제국군과 전투를 벌이느라 카렌은 근 두어 달 만에 시한을 다시 만났다. 그리고 재회한 그는 그녀가 기억하고 있는 수준을 아득히 벗어나 있었다.

원래부터 성시한이 혁명 7영웅 중 가장 강하긴 했지만, 그래도 다른 이들과 격차가 그리 크지는 않았다. 그가 가장 명성이 높았던 이유는 이계 마물의 천적이라는 특성 때문에 항상 눈에 띄는 전투를 독점한 탓이다. 단순히 일대일 대결이라면 카렌이나 레비나도 그럭저럭 버틸 수 있는 수준이었다.

'그런데 잠시 안 본 사이 이렇게까지 강해졌다고?'

하지만 생각해 보면 성시한이 본격적으로 투기와 마법을 익힌 건 고작해야 2년이 채 안 된다. 그 짧은 시간 동안 테라노어의 초 강자들을 모조리 꺾어왔다.

애초에 성장 속도가 비교가 안 되는 것이다.

그 사실을 깨달은 테오란트와 젝센가드도 신음을 흘렸다.

"크윽······."

"설마 이렇게까지······."

당황하는 다른 이들에 비해 릴스타인은 별로 놀란 눈치가 아니었다.

그는 당장 어제까지도 성시한과 함께 싸웠다. 그의 성장을 계속 바로 옆에서 지켜보았다.

가라앉은 목소리로 릴스타인이 물었다.

"작작 좀 해, 시한. 뒷생각은 하고 이러는 거냐? 그래서? 끝까지 우리가 생각을 안 바꾸면 어쩌려고? 이제 와서 제국 측에라도 붙을 셈이야?"

시한은 투기를 거두지 않았다. 여전히 차가운 살기가 혁명 6영웅을 찔러간다.

"이 살기는 또 뭐야? 날 상대로 군이 이럴 필요가 있어? 내 마법 따윈 네겐 눈곱만큼도 안 통하잖아? 투기고 뭐고 그냥 칼만 휘둘러도 난 죽을 텐데?"

당황하며 시한이 반박했다.

"그, 그런 의미가 아니잖아! 내가 힘으로 협박하는 것처럼 말하지 마, 릴스타인!"

"그게 아니면?"

릴스타인이 코웃음을 쳤다.

"광제가 직접 부른 이계의 마물을 상대할 수 있는 건 오직 너

뿐이다, 시한. 네가 없으면 수많은 혁명군은 마물의 먹이가 되겠지. 그러니 알아서 네 비위를 맞추란 소릴 하고 있는 거잖아?"

"젠장! 그런 게 아니라고!"

시한이 호통을 터뜨렸다. 동시에 회의실 여기저기서도 투기와 마력이 흘러나오기 시작했다. 다른 혁명 영웅들 역시 살기를 뿜어내기 시작한 것이다.

일촉즉발의 상황이었다.

갑자기 레비나가 고개를 저었다.

"시한이 옳아요."

은빛 머리칼을 나풀거리며 그녀가 성시한 곁으로 다가가 섰다.

"난 뜻을 바꾸겠어요, 시한에겐 그럴 자격이 있으니까."

두 자루의 단검을 뽑아 은빛 투기강을 두르며 말을 잇는다.

"다들 알잖아요? 시한이 없었다면 우리 모두 여기까지 오지도 못했어요."

"레비나……"

시한이 감동한 표정으로 자신의 연인을 돌아보았다. 그를 마주 보며 레비나가 살짝 눈웃음을 쳤다. 그리고 다시 진지한 어조로 말을 이었다.

"우리 모두는 그에게 목숨의 빚이 있어요. 테라노어 역시 그에게 빚이 있지요. 시한에겐 자신의 의지를 관철할 자격이 있어요."

좌중을 둘러보며 그녀는 선언했다.

"난 시한의 뜻에 따르겠어요."

침묵이 흘렀다. 회의실에 가득하던 투기와 마력의 기운이 점점 사그라진다.

사파란이 고개를 끄덕였다.

"나는 레비나의 말에 동의한다."

테오란트가 도로 검을 칼집에 넣었다.

"하긴, 나도 결정을 내리면서 마음이 편하진 않았어."

주위의 눈치를 보더니 젝센가드가 어깨를 으쓱였다.

"분위기 따라갈란다, 나는."

카렌은 아무 말이 없었다. 하지만 그녀의 은빛 신성력은 이미 갈무리되어 자취를 감춘 지 오래였다.

릴스타인이 한숨을 쉬었다.

"후우, 후환을 남기는 일이긴 하지만 어쩔 수 없지. 위험을 감수하는 수밖에."

그리고 빙그레 웃었다. 성시한이 잘 아는, 우정 어린 친구의 미소였다.

"죄 없는 루스클란의 황족들에겐 관대한 대우를 약속하겠다, 시한."

성시한은 기뻐했다. 결국 친구들은 자신을 이해해 준 것이다.

파천기를 거두며 그는 머리를 긁적였다.

"나, 나도 흥분해서 미안해."

정신 차리고 보니 꽤 상황이 민망하다. 멋쩍어 하며 시한이 말을 이었다.

"…그래도 내가 틀렸다고 생각하진 않아."


당시의 일을 떠올리며 시한은 씁쓸하게 말했다.

"하지만 결국 모두 자살해 버렸었지."

비록 목숨은 건졌지만 그렇다고 붙잡힌 루스클란 황족들이 원래의 생활로 돌아갈 수 있는 것은 아니었다. 어디까지나 격리되어 최소한의 배급만으로 살아가야 했다. 혁명군도 물자가 부족한 판이니 그 이상의 대접을 해주진 못했다.

부귀영화를 누리던 루스클란 황족들은 그런 몰락한 삶을 견디지 못했다. 천한 것들에게 무릎 꿇어야 하는 현실 역시 자존심 강한 그들에겐 굴욕 중의 굴욕이었다.

그래서 그들은 극단적인 선택을 취했다. 황족 전원이 독이 든 와인을 마시고 자살한다는 선택을.

참으로 귀족적이었고, 동시에 추악한 행위였다.

당시 죽은 이들 중엔 아무것도 모르는 어린아이들도 있었다. 그런 아이들이 무슨 드높은 자존심이 있어 스스로 독배를 마셨겠는가? 그냥 부모가 건네주니, 그러려니 하고 마셨을 뿐이겠지.

그때의 분노를 떠올리며 시한은 이를 갈았다.

"지독한 인간들, 죽으려면 저 혼자 죽을 것이지 가족까지 끌고 가다니……"

그런데 카렌이 고개를 저었다.

"아니에요, 시한."

"응?"

"사실 그들은 자살하지 않았어요."

시한의 안색이 창백해졌다.

"그게 무슨 소리야?"

카렌은 잠시 머뭇거렸다. 과연 이 말을 해야 할지, 저어하는 표정이었다. 하지만 그녀는 이내 결심을 내렸다.

"전 당신에게 진실을 말해주겠다고 약속했어요. 그러니 진실을 숨겨선 안 되겠죠."

카렌이 조심스레 말을 이었다.

"…그들을 죽인 건 레비나였어요."


웨스트 클라니움의 중앙궁, 석양의 창.

청초한 미모의 십 대 소녀가 아름다운 실크 드레스 차림으로 커다란 거울 앞에서 이리저리 몸을 비춰보고 있었다. 루스클란 황족들에게서 빼앗은 무도회용 드레스였다.

레비나는 흐뭇하게 웃었다.

"아, 예쁘다."

부드러운 은빛의 단발머리를 머리핀으로 고정하고 화려한 장신구로 치장한 그녀의 모습은 실로 아름다웠다. 물론 이걸 입고 돌아다닐 일은 없으니 순전히 자기만족일 뿐이지만.

"그래도 시한은 좋아해 주지 않으려나?"

자신의 연인을 떠올리며 레비나는 살짝 얼굴을 붉혔다.

그때였다.

방문이 벌컥 열리며 흑발의 미녀가 느닷없이 안으로 들어왔다.

"…이게 어떻게 된 거죠, 레비나?"

카렌 이나시우스는 분노하고 있었다. 당황스러울 법도 하지만 레비나는 그리 놀라지 않았다. 오히려 그럴 줄 알았다는 듯한 표정이었다.

"역시 카렌은 눈치챘나 보네?"

카렌이 침을 삼킨 뒤 무서운 어조로 말을 이었다.

"난 크론 리자테의 프린이에요. 설마 내가 못 알아차릴 거라 생각했나요?"

독을 마시고 자살한 루스클란 황족들의 뒷수습을 하던 중이었다. 수하 프린들을 이끌고 시체를 매장하다 카렌은 뭔가 이상한 점을 발견했다.

"온몸이 마비된 채 독을 마신 이와 스스로의 의지로 독을 마신 경우는 신체 반응이 다르죠. 그들은 자의로 독을 마신 게 아니었어요."

그래서 좀 더 자세히 조사해 보았다. 워낙 철저히 감춰져 있어 다른 프린들은 알아차리지 못했지만, 카렌은 현재 누구나 인정하는 테라노어 최강의 프린이었다. 그녀만큼은 희미하게 남은 레비나의 수법을 찾아낼 수 있었다.

"…그 마비는 당신의 고유 투기술, 은형살의 흔적이었어요, 레비나."

레비나는 부인하지 않았다. 예상하지 못했다는 얼굴로 어깨를 으쓱일 뿐이었다.

"그건 미처 몰랐어. 어차피 고통으로 몸부림치긴 마찬가지니까 흔적 따윈 지워질 거라 생각했는데."

그리고 태연하게 되물었다.

"그래서 무슨 문제라도 생겼어? 혹시 누군가 알아채기라도?"

"그건 아니에요. 일단은 아무에게도 말하지 않았으니까."

"그럼 문제없잖아?"

"문제가 없다니……."

당황하며 카렌이 언성을 높였다.

"대체 지금 무슨 말을 하는 거죠?"

레비나가 빙그레 웃었다. 사악할 정도로 아름다운 미소였다.

"당신도 알고 있잖아, 카렌? 어차피 누군가는 해야 할 일이었어. 덕분에 모든 일이 깔끔하게 마무리되었지."

"그, 그렇긴 하지만……."

틀린 말은 아니었다. 안 그래도 카렌은 루스클란 황족의 격리를 위해 인원을 따로 배정하며 골머리를 썩이고 있었다. 아무리 계산해도 그 정도 병력을 뺄 만큼 현재 혁명군엔 여력이 없는 것이다.

하지만 루스클란 황족이 모조리 자살하며 문제도 모조리 해결됐다.

아이와 가족까지 함께 데리고 간 그들의 행위에 분노하면서도, 내심 안도한 것이 사실이다.

한풀 꺾인 목소리로 카렌이 물었다.

"시한은 알고 있는 건가요?"

레비나가 실소를 흘렸다.

"시한 모르게 처리하려고 한 짓인데 알아채면 큰일이게?"

"그를… 속인 건가요?"

어째서? 레비나야말로 가장 먼저 뜻을 바꾸고 성시한을 지지했으면서?

당연하다는 듯 레비나가 대답했다.

"설득할 수 없다는 걸 깨달았으니까. 거기서 우리끼리 분열을 일으킬 순 없잖아?"

카렌은 입을 다물었다. 레비나의 말도 틀린 것은 아니었다.

확실히 성시한은 결코 자신의 고집을 꺾지 않았을 것이다. 그녀가 아는 시한은 그런 소년이었다.

"하지만 레비나, 당신은……."

머뭇거리다 카렌이 질문했다.

"시한을 사랑한 게 아니었나요?"

진정 상대를 사랑한다면 그렇게까지 천연덕스럽게 속일 수 있을까? 카렌으로선 이해할 수 없는 일이었다.

하지만 레비나에겐 꼭 그런 것도 아닌 듯했다.

"사랑해. 당연히 사랑하지. 세상 그 누구보다도."

진심을 담아 그녀가 대꾸했다.

"그를 사랑하기에 그를 가장 잘 알고 있어. 설득해서 될 일이라 생각했다면 설득했을 거야."

애초에 성시한과 혁명 6영웅은 자란 세상이 다르다. 인식하고 있는 윤리관도 차이가 있다.

반대로 레비나가 질문을 던졌다.

"기억해, 카렌? 스탈 지방의 영주였던 솔론 백작을?"

솔론 백작은 제국 남부의 귀족이었다. 귀족답지 않게 백성들을 학대하지도, 무리하게 수탈하지도 않아 민중들 사이에서도 평판이 좋은 편이었다.

또한 초기 혁명군의 가장 큰 원조자이기도 했다.

"시한이 그의 목을 베어버리기 전까진 말이지."

겉보기엔 인격자인 솔론 백작에겐 변태적인 취미가 있었다. 그는 여성을 학대할 때만 성욕을 느끼는 사디스트였던 것이다.

평판을 신경 쓰는 귀족답게 평민은 건드리지 않았지만, 대신 노예 여성들을 대상으로 온갖 잔혹한 행위를 해왔고, 결국 그 사실을 들켰다.

백작은 다시는 이런 일이 없을 거라 용서를 빌었다. 하지만 성시한은 그를 용서하지 않았다.

"한낱 노예 여자의 절규 때문에 시한은 당시 우리의 가장 큰 아군 중 한 명의 목을 날려 버렸지. 카렌도 기억하지?"

카렌은 아무런 대답도 하지 않았다.

당시 성시한의 행위는 혁명군에게 그리 도움이 되지 않았다. 솔론 백작은 평판이 좋은 귀족이었으며, 백성들도 그를 사랑했다.

그가 어떤 잔인한 짓을 했는지 알려지고 나서도 인간이 어쩜 그럴 수 있냐고 혀는 찰지언정 분노하진 않았다.

상대는 하찮은 노예니까.

평민인 자신들보다 천한 존재니까.

심지어 평민 여성들조차도 그럴 수도 있지 않겠냐는 반응을 보였다. 같은 여자이면서도.

'노예로 태어난 주제에 그 정도는 감수해야 하는 것 아니야?'

귀족들에게 학대받는 자신들의 처지엔 분노하면서도, 정작 그들은 자신보다 못한 노예들의 처지에는 관심이 없었다.

반면 혁명군의 행보는 더욱 힘들어졌다.

설사 투항해 공을 세우더라도 이계구원자의 '기준'에 따라 죽을 수 있다는 사실을 다른 귀족들이 알아버린 것이다. 그리고 당시 제국은 썩을 대로 썩어 있어서 자기만큼은 목이 안 잘릴 거라 장담할 수 있는 귀족이 별로 없었다.

"그랬던 시한이, 이제 와서 변했을 것 같아?"

레비나의 단언에 카렌은 반박을 할 수 없었다. 확실히 성시한은 결코 뜻을 굽히지 않았을 것이다.

"하지만… 당신은 그의 연인이잖아요, 레비나."

차라리 다른 친구들이 이런 일을 저질렀다면 이해가 간다. 하지만 어떻게 레비나가? 시한의 연인인 그녀가?

"…어떻게 사랑하는 사람을 속일 수 있는 거죠?"

레비나가 깔깔거리며 웃었다. 그리고 카렌에게 다가가더니 다정한 자매처럼 그녀를 껴안고 장난을 친다.

"아이참, 순진한 언니 같으니."

카렌의 귓가에 대고 작은 속삭임을 잇는다.

"사랑하는 사람들끼리 모든 비밀을 다 밝힐 리가 없잖아? 현실의 연애는 어느 정도 서로 감춘 게 있는 쪽이 더 오래가는 법이라고."


과거의 진실을 들은 시한은 돌처럼 굳어 있었다.

"레비나가……."

미안해하며 카렌이 조심스럽게 말을 이었다.

"나도 그대로 비밀을 묻어버렸어요. 레비나의 말에 찬성할 순 없지만, 현실적으로 어쩔 수 없다고 생각했으니까."

이후로도 레비나는 시한 앞에서 다정한 연인처럼 굴었다. 그리고 그것은 연기가 아니었다.

레비나 본인은 진심으로 시한을 사랑하고, 그를 위한다고 여기는 것이다. 오직 그녀 자신의 기준으로만.

그런 레비나를 카렌은 이해할 수 없었다. 점점 둘 사이의 사이가 서먹해졌다.

이야기를 듣다 말고 시한이 인상을 썼다.

"둘 사이가 서먹했다고? 난 그런 느낌은 못 받았는데?"

카렌이 희미한 미소를 띠웠다.

"시한은 다른 사람들의 태도도 변화를 못 느꼈었잖아요?"

그날 이후, 성시한을 바라보는 혁명 6영웅의 시선은 조금씩 변해갔다. 앞에서는 여전히 태연하게 굴었지만 다들 속으론 현실을 자각하고 있었다.

"그날 레비나는 말했었죠. 우리 모두는 시한에게 목숨의 빚이 있다고."

그것은 평범하면서도, 동시에 무서운 말이었다. 성시한이 다른 혁명 6영웅의 목숨을 쥐고 있다는 의미이기도 한 것이다.

성시한이 당황하며 손사래를 쳤다.

"아니, 난 그런 의미가 아니었는데……."

"알아요, 우리들도 그건 알고 있었어요."

단지 혁명 6영웅은 깨달았을 뿐이다.

성시한은 테라노어인이 아니라는 걸. 그리고 테라노어인이 아닌 이가 테라노어의 운명을 좌지우지하고 있다는 것을.

또한 당시의 성시한은 말했다.

'흥분해서 미안해, 그래도 내가 틀렸다고 생각하진 않아.'

슬픈 어조로 카렌이 입을 열었다.

"아무도 당신이 틀렸다고 생각하지는 않았어요."

단지, 남들이 틀렸다고 생각할 때 시한이 어떤 식으로 나오는지를 확인했을 뿐이다. 그리고 인간이란 살다 보면 어쩔 수 없이 가끔은 틀린 선택을 하게 되는 존재다. 제아무리 뛰어난 현자, 인격자라 할지라도.

한 번 금이 간 우정의 균열은 다시 아물지 않았다. 그래도 겉으로는 평소처럼 대하며 혁명 6영웅은 이계구원자와 함께 제국과 맞서 싸웠다.

시간이 흐르면 흐를수록 성시한은 더더욱 강해졌다.

초인급의 벽을 넘어 무신급의 경지에 다다라, 제국 최강의 소드하이어인 론다르크 장군마저 꺾는 수준이 되었다.

시한과 혁명 6영웅의 격차는 날로 커져 갔다. 능력도, 명성도, 영향력도.

더 이상 성시한은 '고집은 세지만 믿을 수 있는 동료'가 아니었다. 그가 마음먹으면 '누구도 막을 수 없는 절대자'였다.

혁명군이 제국 4대 도시를 모조리 함락하고 광제와의 최종전을 앞두고 있을 때쯤엔, 누구나 성시한이 광제를 물리친 뒤 테라노어의 새로운 황제가 되리라 의심치 않았다.

그래서 혁명 6영웅은 시한 몰래 따로 회동을 가졌다.


인적 없는 어두운 동굴 속.

마법 등불조차 켜지 않은 어두운 공간이었다. 어차피 혁명 6영웅쯤 되면 이런 어둠도 꿰뚫어 보기에 군이 불을 켤 의미가 없는 것이다.

아니, 그보다는 지금부터 저지를 추악한 결의에 서로 볼 낯이 없기 때문인지도 모르지.

어둠 속에서 사파란이 우울하게 말했다.

"시한은 이제 우리 손을 벗어났다. 또 다른 광제를 만들 순 없어."

테오란트가 혀를 찼다.

"말은 바로 하지? 시한이 또 다른 광제가 될 리는 없잖아?"

사실 광제 정도로 미친놈이 되는 것도 쉬운 일은 아니다.

"하지만 시한에게 황제의 자격이 없다는 데는 동의한다."

말을 이으며 테오란트가 옆의 레비나를 힐끔거렸다.

"여자 하나 제대로 볼 줄 모르는 놈이 만민을 제대로 다스릴 수 있을 것 같진 않군."

"흥!"

콧방귀를 뀌며 레비나가 고개를 돌렸다. 릴스타인이 이마를 짚고 난처한 듯 중얼거렸다.

"시한이 녀석은 너무 현실을 몰라. 게다가, 그냥 모르는 것뿐이라면 시간이 해결해 주겠지만 그 녀석은 테라노어를 자신이 고쳐야 할 세상으로 보고 있지."

성시한이 테라노어를 지구보다 뒤떨어진 세계로 여기는 한 그 태도는 결코 바뀌지 않을 것이다.

사파란이 혀를 찼다.

"사실 틀린 말도 아니긴 해. 실제로 녀석에게 들어본 한국이란 세상은 믿을 수 없을 정도로 말랑말랑하더군. 사형수 하나 죽이는 데 몇 년씩 걸린다지?"

주위를 둘러보며 레비나가 입을 열었다.

"난 시한을 사랑해. 그리고 시한이 분명 광제보다 나은 황제가 되리라고 믿어."

그리고 차분하게 중얼거렸다.

"하지만 우린 그저 광제보다 좀 더 나은 황제를 모시기 위해 이제껏 싸워 온 게 아니야."

테오란트가 인상을 쓰며 한마디를 덧붙였다.

"너야 물론 네 자신의 부귀영화를 위해 싸웠겠지, 레비나."

레비나도 살기를 띠며 반박했다.

"지금 우리끼리 싸우자는 의미야, 테오란트?"

어둠 속으로 두 줄기의 투기가 피어오른다. 릴스타인이 손을 휘저어 마력의 바람을 날렸다.

"둘 다 진정해. 지금 이러자고 모인 게 아닐 텐데?"

그렇게 분위기를 진정시킨 뒤 릴스타인은 깍지를 꼈다.

"성시한, 그 녀석에겐 테라노어를 좌지우지할 힘이 있다. 이는 틀림없는 사실이지. 그리고 그는 이방인이야. 지금이야 괜찮지만 앞으로 어떻게 변할지는 알 수 없다."

원래 사람의 마음이란 상황과 환경에 따라 쉽사리 흔들리는 법. 모인 이들의 안색이 굳었다.

"다들 뜻을 굳힌 것 같군. 그러면……."

그들을 둘러보며 릴스타인이 고개를 끄덕였다.

"모두들 동의한 건가?"

레비나가 오른손을 들었다.

"난 찬성. 그의 존재는 너무 위험해. 광제가 사라지면 누구도 그를 막을 수 없을걸?"

테오란트와 사파란도 손을 들었다.

"마음에 들진 않지만 현실을 무시할 순 없겠지. 동의하겠다."

"나 역시 찬성이야."

딱히 대화에 끼어들지 않던 젝센가드도 찬성표를 던졌다. 이걸로 릴스타인, 레비나, 테오란트, 사파란, 젝센가드 5인이 뜻을 합쳤다.

남은 것은 카렌 이나시우스뿐.

그녀는 비웃음을 띤 채 다른 이들을 바라만 보는 중이었다. 열심히 떠들곤 있는데, 이들은 정작 가장 중요한 부분을 간과하고 있었다.

"대체 무슨 수로 천하의 이계구원자를 처치한다는 건가요?"

애초에 시한의 능력이 너무 커진 게 이 일의 발단이다. 지금의 그를 처리하려면 혁명 6영웅 중 절반은 죽을 각오를 해야 한다.

카렌의 질문에 다들 말문이 막혔다.

우스운 일이다. 정말 테라노어의 미래를 위해서 내린 결론이라면 자기 목숨을 아까워할 이유도 없을 텐데?

그녀가 경멸을 담아 다른 이들을 노려보았다.

"쥐새끼 여섯 마리가 옹기종기 모여서 참 즐거운 이야기를 하고 있는데……"

그 경멸의 대상엔 카렌 자신도 포함되어 있었다.

"대체 누가 고양이 목에 방울을 달 거죠?"


카렌은 반대도 찬성도 하지 않았다. 어차피 현실적으로 성시한을 어찌할 방법이 없는 이상 그날의 회동은 탁상공론일 뿐이었다.

그렇다고 성시한에게 그 사실을 알리지도 않았다.

성시한과 혁명 6영웅이 금이 간 계기는 바로 루스클란 황족의 처분 문제다.

'죄악인 줄 알면서도 현실적으로 어쩔 수 없기에 그런 선택을 내렸었잖아? 그런 주제에 현실적으로 시한을 어찌할 방법이 없다고 불평할 자격은 없겠지.'

양쪽 모두 차가운 '현실' 탓에 일어난 일이다. 그렇다면 그냥 현실적으로 흘러가는 대로 놔두면 될 일이었다.

그런 카렌의 심정이 변한 것은 릴스타인의 연구 때문이었다.

"…시한을 지구로 돌려보낸다고요? 그것이 가능해요?"

현실적인 방법이 생겨 버렸다. 그리고 그것은 성시한을 죽이거나 해치는 것이 아니었다.

'그냥 원래 고향으로 돌려보내는 것이라면…….'

그래도 처음에는 반대했다.

이미 시한은 테라노어에 머물기로 뜻을 정한 후였다. 강제로 친구들에게 배신당해 돌아가게 만드는 건 용서받을 수 없는 일이었다. 그 상황에서 그가 얼마나 분노하고 배신감에 몸부림칠지 충분히 상상할 수 있었다.

그런 카렌의 마음이 흔들린 것은, 레비나를 향해 사랑스런 미소를 보내는 시한의 모습을 보았을 때였다.

목소리가 들려왔다.

'시한이 지구로 돌아간다면……'

자신의 마음 깊은 곳에서 들려오는…….

'더 이상 그가 레비나와 함께할 수 없다는 뜻이지?'

강렬한 감정의 목소리.

'더 이상 레비나와 함께하는 그를 볼 필요도 없다는 거지?'

그것은 실로 견디기 어려운 유혹이었다.

'…차라리 그것이 시한을 위한 길이 아닐까?'


이야기를 마치며 카렌이 기어 들어가는 목소리로 중얼거렸다.

"…무슨 말을 해도 변명밖에 되지 않는다는 건 잘 알아요."

그래서 아무 말 없이, 죽음으로 대가를 치르려 했다.

하지만 성시한은 진실을 원했다. 죽은 카렌을 살리면서까지 진실을 갈구했다. 그렇기에 변명임을 알면서도 모든 것을 이야기했다.

"그날의 배신을 용서해 달라는 게 아니에요. 단지 사실대로 말했을 뿐. 우리가 당신을 배신했다는 건 변하지 않는 진실이죠."

성시한은 아무 말도 하지 않았다. 그의 안색은 딱딱하게 굳다 못해 이제 숫제 시체처럼 보였다.

그런 그를 향해 카렌이 어깨를 폈다.

자세를 바로 하고 모든 것을 받아들이겠다는 얼굴로 그녀가 말했다.

"자, 그럼 이제 복수를 마무리 지어요, 시한."

## Chapter 4

복수의 정의

글람 마을의 신전 뒤의 작은 동산.

성시한은 커다란 고목의 가지에 올라앉아 신전을 내려다보고 있었다.

신전 앞마당에서 고아 아이들이 뛰어논다. 옆에선 중년 여인, 마리아가 열심히 빨랫감을 넌다. 검은 머리의 미녀, 이곳에선 리아나라 불리는 카렌 이나시우스도 옆에서 마리아를 돕고 있다.

마리아의 표정은 평온했다. 바로 얼마 전, 피투성이가 된 카렌을 보고 놀란 일 따윈 전혀 기억하지 못하는 것처럼.

그도 그럴 것이 지금 마리아는 성시한의 현혹 마법으로 모든 의심이 지워진 후였다.

카렌이 깨어나자 마리아는 무슨 일이 있었냐며 그녀를 추궁했다. 물론 카렌 역시 답이 궁하긴 마찬가지였다.

상황이 골치 아파지자 성시한은 대충 마법으로 해결해 버렸다.

정신계 마법으로 기억을 조작할 순 없지만, 그 기억에 따른 감정을 조작하는 것은 가능하다.

카렌은 '옛 친구들을 만나던 중 지나가던 도적들을 만나 고초를 겪었다'고 해명했다. 제정신 박힌 인간이면 앞뒤가 전혀 맞지 않는다는 걸 당연히 깨달을 것이다. 하지만 정신계 마법은 그 의문 자체를 흐리게 한다.

마리아와 고아 아이들은 사랑하는 '리아나 선생님'이 무사한 것에 감사하고 더 이상 의문을 품지 않았다. 그리고 평소의 삶으로 돌아갔다.

한가한 신전의 정경을 바라보며 시한은 중얼거렸다.

"…짜증 날 정도로 평화롭군."

결국 원했던 진실을 들었다.

그동안 마음 한구석에 미련이 있었던 것이 사실이다.

단순히 배신당한 분노만을 불태우기엔 십 년이란 세월이 너무 길었다. 분노와 증오에 지칠 때마다 온갖 잡념이 그를 괴롭

허 왔다.

혹시 자신이 뭔가 잘못했을지도 모른다.

뭔가 시한 본인만 느끼지 못했던 감정이 쌓였던 것일지도 모른다.

대놓고 드러내지만 않았을 뿐, 점점 앙금이 쌓이고 쌓여 결국 폭발한 것일지도 모른다.

그렇지 않고서야 어찌 그토록 친했던 이들이 그렇게 손바닥 뒤집듯 태도를 바꿀 수 있었을까?

"그게 그런 이유였단 말이지……."

이해는 할 수 있었다. 어디까지나 '어떤 논리로 그들이 그런 행위를 했는지에 대한' 이해는.

그렇기에 더욱 후련했다.

자신은 잘못한 것이 없었다.

"현실을 몰라서? 이 세계를 고쳐야 할 대상으로 봐서? 어느 누구도 건드릴 수 없는 존재라서?"

성시한은 코웃음을 쳤다.

웃기는 소리였다.

그래서? 그럼 혁명 6영웅은 현실에 잘 순응해서 테라노어의 '현실'이었던 루스클란 제국에 반기를 들었는가?

세상을 바꾸고자 혁명을 일으킨 그들의 행위는 '이 세계를 고쳐야 하는 대상'으로 보지 않았단 말인가?

어느 누구도 건드릴 수 없는 존재라고? 그런 이유로 시한을 축출한 주제에 저마다 나라를 세우고 왕이 된 뒤 '어느 누구도 건드릴 수 없는 존재'로 군림하고 있는 거냐?

그들이 행한 배신의 본질은 저런 것이 아니었다.

보다 간단하다.

'우리의 기준에 맞지 않는 행동을 하는 건 용납할 수 없어.'

카렌 역시 마찬가지였다.

그녀는 말했다. 무슨 말을 해도 변명밖에 되지 않는다는 건 잘 안다고. 그래서 아무 말 없이 죽음으로 대가를 치르려 했다고.

깊이 참회하고 있는 것 같지만 결국 카렌이 하는 말을 요약하자면 이거다.

'그날의 선택은 어쩔 수 없었어. 하지만 당신을 배신한 것은 미안해.'

과거의 진실이 변명이 된다고 믿는 시점에서, 혹여 그 진실을 알면 성시한이 흔들릴지도 모른다고 생각한 시점에서 그녀는 여전히 문제가 무엇인지 진정으로 깨닫지는 못하고 있었다.

지구 아랍 문화권에 차도르라는 것이 있다. 남편이 아닌 남성에게 맨살을 드러내지 않도록 여인의 몸을 덮는 천이다. 여권 탄압의 상징으로 많은 비판을 받는 풍습이기도 하다.

저 풍습이 악습이 아니라 할 순 없다. 실제로 아랍권에서도 많은 이들이 저 풍습을 없애기 위해 투쟁 중이다.

하지만 동시에, 저것을 지켜야 할 소중한 전통으로 여기는 이들도 많다.

저 풍습을 옳지 못하다고 생각한 외부인이 투쟁 중인 아랍권 여성들을 응원하는 것은 아무 문제가 없다. 그러나 멋대로 여인의 얼굴에서 차도르를 벗겨 버린다면 그것은 또 다른 탄압이자 범죄 행위다.

각자의 문화와 전통은 존중해야 한다. 좋건 나쁘건 차도르는 분명 고유의 문화이며 직접적으로 개입해서는 안 되는 부분이다.

하지만 차도르가 벗겨져 외간 남자에게 얼굴이 보였다는 이유로, 그 여인을 돌로 때려죽이려 한다면?

그런 광경을 보고도 문화적 존중이란 이유로 넘어가는 것이 과연 옳은 일인가? 전통이고 상식이라고 죄악이 죄악이 아니게 되기라도 하나?

아무리 문화가 다르고 공감대가 다르다 해도 인간이라면 결코 용납해선 안 되는 것이 분명히 있다.

"무고한 이의 죽음은 어떤 경우에도 용납될 수 없는 것이지."

성시한은 유쾌하게 웃었다.

"하하……."

머릿속이 맑았다. 근 십 년 이래 이렇게 머리가 맑아본 적이 없는 느낌이었다.

그가 기억하는 추억과 우정, 신뢰 자체는 거짓이 아니었다. 시한이 압도적으로 강해지기 전까진 분명 친구들도 진심으로 그를 대했다.

단지 그들은 변했을 뿐이다. 그리고 그 변화에 자신의 책임은 없다.

'그들이 스스로 선택한 거야.'

더 이상 음습한 증오를 불태울 필요가 없다. 이성적으론 스스로에게 의문을 품으면서도, 들끓는 감정을 주체하지 못해 혼란스러워할 필요가 없다.

자신에겐 틀림없이 복수자의 자격이 있었다.

실소하며 성시한은 혼잣말을 흘렸다.

"나 참, 결과적으로 이렇게 될 걸 난 왜 그동안 소심하게 고민한 거지?"

부러진 클레이모어를 매만지며 차갑게 웃는다.

"기다려라, 릴스타인, 레비나, 테오란트, 사파란……."

그 미소엔 분노가 서려 있었다.

"이제 더 이상 내게 미망 따윈 없으니."

순수하면서도 올곧은, 흔들리지 않는 분노였다.

　　　　　*　　　　　*　　　　　*

모든 진실을 털어놓은 뒤 카렌은 말했다.

복수를 마무리 지으라고.

생각을 정리할 시간이 필요해 일단 성시한은 결론을 미뤘다. 그녀를 뒤로한 채 그대로 방을 빠져나왔다.

이제 생각은 정리했다.

저 멀리, 빨래를 널고 있는 카렌을 보며 그는 인상을 썼다.

'카렌……'

비록 지금 어떤 모습, 어떤 삶을 살고 있다 하더라도 그것이 카렌의 배신을 용서할 이유는 되지 못한다. 그녀가 참회하고 있다는 걸 알고 좀 마음이 약해지긴 했지만, 그렇다고 용서하고 없던 일로 치부할 생각 따윈 없다.

카렌을 비롯한 모든 혁명 6영웅은 틀림없는 복수의 대상이었다.

그리고 성시한은 그 복수로 '차원 너머로 추방'하는 방식을 선택했다. 제법 마음에 드는 방식이었다.

차원 너머에 무엇이 있을지 알 수 없다지만, 사실 그곳이 평화로운 세상일 가능성은 없다. 이미 오랜 세월을 통해 증명된 사실이다.

천 년이라는 시간 동안 수많은 루스클란의 이계 소환술사들이 차원을 열었다. 그들이 연 차원문을 통해 나타난 존재는 전부 악몽 같은 끔찍한 마물들이었다. 평범한 동식물 따위 없었다. 오로지 성시한만이 유일한 예외였다.

즉, 테라노어에서 연 차원문의 절대 다수는 끔찍한 마물이 들끓는 생지옥과 연결된다는 소리다.

괜히 젝센가드가 그토록 공포에 젖고 카렌이 차라리 죽음을 택한 것이 아니다.

천 년 동안 수백, 수천, 수만 번을 연 차원문이 전부 마물의 고향과 연결되었는데 과연 그들만 어마어마하게 운이 좋아서 살 만한 세상으로 떨어지게 될까?

절대 죽이진 않는다.

그저 생지옥에 던져 넣을 것이다. 그가 겪었던 것처럼 테라노어의 모든 것을 빼앗긴 채, 그와 같은 고통의 시간을 보내게 할 것이다.

그 생지옥 속에서 어떻게든 살아남아, 다시 테라노어로 돌아와, 그러고도 자신의 잘못을 후회하고 있다면…….

'그래, 그때는 나도 용서할 수 있어.'

뭐, 거의 가능성은 없겠지만 말이지.

그런데 카렌 같은 경우는 상황이 애매했다.

"이거 참……."

시한은 눈을 가늘게 떴다. 저 멀리 신전 앞뜰에서 빨랫감을 널다 말고 카렌이 숨을 헐떡이고 있었다.

"하악, 하악……."

"왜 그러죠, 프린 리아나? 몸이 안 좋은가요?"

"아, 그냥 좀 피곤해서 그래요, 프린 마리아."

고개를 저으며 카렌은 잠시 그늘로 가 앉았다. 그리고 가쁜 숨을 몰아쉬었다. 그냥 조금 격하게 움직였을 뿐인데 가슴에 통증이 오며 전신이 축 늘어진다.

'존재하지 않는 심장'을 억지로 신성력 구현화로 대체한 결과였다.

단순한 사슬 형태라면 수십 미터 단위로 구현화할 수 있는 카렌이었다. 하지만 인간의 심장은 실로 복잡한 메커니즘을 지닌 섬세한 장기다.

그것을 신성력만으로 정밀히 구현화하고, 심지어 24시간 내내 쉬지 않고 뛰게 한다? 카렌의 무지막지하던 권능으로도 아득하게 높은 난이도였다.

운이 좋아 성공은 했지만 그 대가는 컸다.

더 이상 카렌은 신성력을 쓸 수 없다. 쓰는 순간 심장이 사라질 테니까.

그러므로 심장을 재생할 수도 없다. 재생에 힘을 돌리는 동안 심장이 사라지며 죽음을 맞이할 테니까.

현대 지구의 의학으로 심장 이식이라도 하지 않는 한은 결코 그녀가 권능을 되찾을 가능성은 없었다.

초월적인 능력을 자랑하던 영웅이 일개 여인, 아니 그만도 못한 존재가 되었다.

평범한 여인이라면 그래도 뜀박질 정도는 할 수 있지만 카렌은 이제 조금만 몸을 격하게 움직여도 바로 체력이 고갈되는 몸이다.

"의도한 것은 아니었지만⋯⋯."

그런 그녀를 지켜보며 성시한은 혼잣말을 내뱉었다.

"⋯카렌은 이제 아무 능력도 없지."

만약 그녀의 능력이 그대로였다면 이런 고민 따위 하지도 않았다. 진실을 듣고 난 뒤 차원문을 열고 그 너머로 던져 버렸을 것이었다.

카렌이 참회하고 있다는 건 물론 알고 있다. 그녀가 진심으로 그날의 배신을 뉘우치고 있다는 것도 인정한다.

그렇다고 용서한다? 용서하고 다시 옛날 같은 사이로 돌아간다?

이성적으로 생각하면 이것이 차후의 행보에 유리할 것이다. 카렌 정도의 강자를 아군으로 삼으면 이후 다른 배신자들을 상대할 때 큰 도움이 될 테고, 일국의 왕을 배후로 삼으면 운신의 폭도 어마어마하게 넓어질 테니까.

'하지만 저건 뒤통수 안 맞아 본 놈이나 할 수 있는 소리지.'

이는 복수를 위해 복수를 포기하라는 소리다.

비록 젝센가드 때처럼 통쾌하진 않겠지만, 스스로도 납득 못 할 용서를 해버린 뒤 계속 괴로워하는 것보단 우울해하며 복수를 마무리 짓는 것이 낫다.

그런데 카렌이 모든 힘을 잃어버렸다.

더 이상 불사의 마녀도, 달의 여교황도 아니게 되었을뿐더러 평범한 일개 여인만도 못한 신체적 장애까지 지니게 되었다.

그런 그녀를 차원문 너머의 생지옥으로 던진다면…….

"그건 그냥 약자를 학대하는 게 되어버리잖아."

물론 카렌이 힘을 잃었다 해도 그녀가 누리던 권세와 지위가 여전하다면 그 역시 정당한 복수의 대상이다.

하지만 카렌은 그 권세와 지위마저 손을 놓아 버렸다.

\*　　　\*　　　\*

이나시우스 교국을 세우고 여왕이 된 뒤, 카렌은 한동안 성실히 국정에 임했다.

시한을 배신하면서까지 세운 나라였다. 조금이라도 백성들을 행복하게 만드는 것만이 그녀가 할 수 있는 유일한 속죄라 생각했다.

나라의 기틀을 잡기 위해 엄격하고 공평한 법을 세웠다. 달의 여신, 크론 리자테의 율법을 바탕으로 한 그 국법은 분명 나라를 풍요롭게 만드는 데 크게 공헌했다.

또한 체계를 바로 세우고 능력 있는 신하들을 적재적소에 배치하니, 이나시우스 교국은 이내 반석에 올랐다.

하지만 시간이 지날수록 회한은 커져만 갔다.

처음부터 권력에 그리 관심이 없었던 카렌이었다. 그저 의무감, 책임감 때문에 왕좌에 앉았을 뿐이다.

백성들이 잘살면 잘살수록, 나라가 부강해지면 부강해질수록 그녀는 불행해졌다. 그 풍요로움이 어떤 희생을 치르고 얻은 것인지 잘 알기에.

눈을 감으면 독을 먹고 죽어간 루스클란의 어린아이들이 떠올랐다.

잠자리에 들면 악몽을 꿨다. 마지막 순간, 믿고 함께했던 소중한 친구들에게 배신당하고 절망에 몸부림치던 성시한의 절규가 아무리 시간이 지나도 결코 뇌리에서 지워지질 않았다.

날이 갈수록 죄책감은 커져만 갔다.

하루의 정무를 끝내고 밤의 눈동자 최상층, 자신의 침실로 돌아가 고독한 어둠에 잠길 때마다 덧없이 중얼거린다.

차라리 시한이 돌아왔으면 좋겠다.

그래서 이 고통을 끝내 버렸으면 좋겠다.

카렌은 점점 웃음을 잃어갔다.

불사의 마녀란 악명으로 불릴 때는 그토록 온화하고 아름다운 미소를 짓던 그녀가, 달의 여왕이라는 호칭으로 불릴 때는 서릿발처럼 차가운 표정만을 짓게 되었다.

백성들 개개인의 사정을 파악해 융통성 있게 행하던 통치는, 시간이 지날수록 열의를 잃고 오직 여신의 율법에 따라서 사무적으로만 처리하게 되었다.

그럼에도 카렌은 버텼다.

성실하고 책임감이 강한 그녀였다. 밀려오는 죄책감이라는 폭풍 앞에 책임감이라는 굳건한 벽을 세우고 버티고 또 버텼다.

하지만 폭풍은 너무도 거셌다. 결국 벽이 무너져 버렸다.

누구보다도 성실한 성품의 카렌이었기에, 무너졌을 때의 반작용 역시 누구보다도 컸다.

여왕이 된 지 5년째, 그녀는 결국 도망쳤다.

여왕의 책무, 교황의 의무, 영웅의 지위, 세간의 시선, 그 모든 것으로부터 도망쳐 버렸다.

그 와중에도 자신의 가짜를 세우고 극히 일부의 최고위 프린들에게 그 사실을 알려 교국이 혼란에 빠지지 않도록 조치한 것은 도저히 카렌 자신도 어쩔 수 없는 성실한 성품 때문이리라.

또한 성시한의 귀환을 대비해 가짜 카렌의 뇌리에 정신적인 메시지도 남겼다. 정말 돌아올지 어떨지는 알 수 없지만, 그녀는 그가 다시 돌아올 것이라 막연하게 믿고 있었다. 어쩌면 그렇게 믿고 싶었는지도 모르겠다.

모든 준비를 마친 뒤 카렌은 시골 신전에 처박혀 일개 프린으로 살아갔다.

가난하고 힘겨운 삶이었다. 하지만 그를 배신한 대가로 호의호식을 누리는 것보단 훨씬 나았다.

비로소 그녀는 평온을 얻었다.


*　　　　*　　　　*


배신당한 성시한이 카렌의 말을 액면 그대로 믿을 이유는 사실 없다.

어쩌면 그저 살아남고자, 자신이 반성하고 있음을 보이고자 떠들어댄 거짓말로 치부해 버릴 수도 있다. 그녀가 정말 회한 속에서 참회하며 살아왔는지 지금의 시한이 확인할 방법은 없다.

하지만 카렌은 스스로의 심장을 찢어발김으로써 진심을 증명했다.

　나뭇가지에 올라탄 채 성시한은 혀를 찼다. 짜증이 솟구쳤다.

　"쳇, 차라리 젝센가드처럼 뻔뻔하게 나오면 속이나 편했을 텐데……. 아, 그러고 보니 그게 바로 카렌이 그리 나온 이유였던가?"

　투덜대다 보니 카렌이 왜 그렇게 죽자고 덤벼들었는지 이해가 갈 것도 같다.

　확실히 시한이 아무것도 모른 채 그녀를 처리했다면 후련하게 복수를 마무리 지을 수 있었겠지. 이런 고민도 갈등도 할 필요가 없었을 것이고 .

　그러나 혼천기 때문에 정신력마저 약해졌던 카렌은 끝까지 본심을 숨기지 못했다. 결국 가장 깊숙이 숨겨두고 있던 진심마저 토해 버렸다.

　'왜 하필 레비나였어? 내가 당신을 먼저 만났는데!'

　이 역시 그의 고민 중 하나였다.

　"나 참……."

　과거의 성시한이 카렌의 마음을 몰랐다 해서 그를 탓할 순 없다. 교황의 자리가 예정되어 있던 카렌은 어차피 평범한 여성처럼 살 수 없는 처지였다. 그래서 결코 그런 티를 내지 않았다.

'전혀 티를 내지 않았는데, 무슨 수로 그걸 알아채라고?'

지금의 카렌이 그를 어떻게 생각하는지도 잘 모르겠다.

그저 과거일 뿐인 걸까?

아니면 여전히 그 마음을 간직하고 있는 걸까?

배신의 진실을 이야기하면서도 정작 카렌은 그녀의 마음에 대해선 의도적으로 말을 피했다. 대놓고 물어보기 어색한 문제다 보니 시한 역시 추궁할 수가 없었다.

"죄지은 것도 없는데 죄지은 기분이 드네. 뭐야, 이게?"

따져보면 그에겐 아무 잘못이 없다. 아니, 오히려 화를 내도 모자라다.

자기 멋대로 몰래 좋아하다가, 자기 멋대로 질투한 끝에, 자기 멋대로 결론을 내리고 배신해? 배신당한 입장에서 그게 납득이 가겠냐?

하지만 그렇다고 저기서 '어차피 난 당신을 여자로 본 적 없어! 당신이 날 어떻게 생각하건 그건 내가 알 바 아니야!'라며 매몰차게 구는 것이 과연 남자답고 당당한 태도냐 하면…….

"그것도 좀 아닌 것 같단 말이지?"

시한은 머리를 긁적였다. 이래저래 복잡한 심정이었다.

그러던 중, 나무 밑에서 맑은 소녀의 목소리가 들렸다.

"뭐 하고 있어요, 시한?"

성시한은 굳이 고개를 돌려 목소리의 주인을 확인하지 않았다. 어차피 한참 전부터 그녀의 접근을 기감으로 파악하고 있었으니까.

"왜 왔어, 알리타?"

성시한은 2미터가 넘는 높이의 나뭇가지에 앉아 있었다. 알리타가 가볍게 몸을 날려 나무 위로 올랐다.

그녀의 몸놀림을 보며 시한이 살짝 감탄했다.

"어, 움직임이 좋아졌네?"

단순해 보이는 동작이었지만 육체와 투기, 호흡과 몸놀림이 모두 자연스럽게 연계된 결과물이었다. 투사급 소드하이어의 경지를 넘어선 움직임이다.

'슬슬 벽을 넘으려나? 빠른데?'

시한 곁으로 다가오며 알리타가 말했다.

"마력이 다시 모였잖아요. 그래서 언제 차원문을 열지 물어보려고 왔어요."

그리고 힐끔 멀리 떨어진 신전 앞뜰을 보며 중얼거렸다.

"물론 시한이 차원문을 열 의향이 있다면 말이지만……."

알리타의 눈동자에도 카렌이 비쳤다. 모든 힘을 잃고 헉헉대는 가냘픈 여인의 모습이었다.

"어쩔 거예요?"

"아직 결론을 못 내렸어."

시한이 무미건조하게 대꾸했다. 눈치를 보며 알리타가 다시 물었다.

"…그녀를 용서한 건가요?"

"그런 건 아니야."

더 이상 과거의 추억에 대한 미련은 없다. 그 미련은 진실을 접한 뒤 모두 사라졌다.

"단지 결말을 어떻게 지을지 결정하지 못한 것뿐이다."

스스로도 납득하지 못할 용서를 할 생각은 없다.

마찬가지로, 스스로 납득 못 할 복수를 할 생각도 없다.

이대로 카렌에 대한 복수를 마무리 짓든, 아니면 무능력해진 그녀를 차원 너머로 던지건, 어느 쪽으로 결말을 짓든 간에…….

"결말을 내릴 합당한 이유가 필요해. 나중에 후회하고 싶지는 않으니까."

지금 당장의 심경을 넘어서서, 세월이 흐르고 나서도 후회하지 않을 확실한 결론을 내려야 한다.

"그렇군요."

고개를 끄덕이며 알리타는 시한 곁에 앉았다.

"그런데 말이에요……."

가지에 걸터앉아 다리를 흔들거리더니 그녀가 문득 물었다.

"왜 시한은 복수를 하려는 건가요?"

"응? 왜냐니?"

황당해하며 시한은 알리타를 빤히 바라보았다. 이제 와서 무슨?

알리타가 황급히 말을 바꿨다.

"아, 제 질문이 좀 잘못됐네요. 그러니까 시한이 원하는 복수란 게 과연 어떤 건가요?"

"내가 원하는 복수?"

"배신자들이 참회하는 모습이 보고 싶은 건가요? 우정을 저버린 과거를 후회하고 용서를 구하게 만드는 것이 시한이 바라는 복수였나요?"

"뭐, 그런 상상도 해보긴 했었지만……."

"그럼 상대가 참회하고 용서를 빌면 시한의 복수는 끝난 건가요?"

그녀의 목소리가 조금씩 날카로워졌다.

"일국의 왕으로 권세를 누리고, 강력한 힘으로 모두의 경외를 사고, 호의호식하며 살아온 자가 뒤늦게 눈물로써 용서를 빈다면, 그걸로 복수가 끝나는 거예요?"

시한의 표정이 굳었다.

참회와 용서는 복수의 부산물일 뿐이다. 그것이 복수를 종결지을 이유는 되지 못한다.

무심코 그가 입버릇처럼 하던 말을 반복했다.

"아니, 그들은 자신들이 저지른 배신의 대가를 치러야 한다."

대답과 동시에, 시한은 자신이 해답을 얻었음을 알았다.

복수란 곧 앙갚음이다. 서로 간에 빚진 것을 갚는 행위다.

감정에만 호소하는 참회와 용서는 오직 그 순간뿐. 정당한 대가를 치르지 않고선 백 마디 속죄의 말도, 천 방울의 눈물도 의미가 없다.

"아, 그렇군."

홀가분해진 얼굴로 시한은 웃었다. 그를 보며 알리타도 말없이 미소를 보냈다.

이제야 진정으로 깨달았다.

누구나 다 아는, 너무나 뻔한 사실임에도 불구하고 순간의 감정에 휘둘리다 보면 잊기 쉬운 진실을.

"…그들은 대가를 치러야 해."

그토록 사랑했던 레비나, 그토록 깊은 우정을 나눴던 릴스타인이었다. 혹여 그들이 진심으로 후회하며 용서를 구한다면 과연 흔들리지 않을지, 그동안은 자신이 없었다. 인간은 어쩔 수 없는 감정의 동물이니까.

하지만 이젠 확고한 기준이 섰다.

'진심으로 후회한다면 우선 그만큼의 대가를 치러라. 그렇다면 나도 용서하겠다.'

피식 웃으며 알리타가 시한에게 말했다.

"그렇다고 그들이 과연 순순히 차원문으로 들어갈까요?"

"그렇다면 정말 참회하고 있는 게 아니란 증거가 되겠지."

성시한은 다시 신전 쪽으로 시선을 옮겼다. 슬슬 빨래를 다 널었는지 카렌은 아이들을 돌보고 있었다.

정신없이 뛰어다니는 아이들의 체력을 감당하지 못해 중간중간 숨을 몰아쉬는 모습이 보인다.

결말을 지을 합당한 이유를 찾았다.

$$*\qquad*\qquad*$$

신전의 한 작은방 안에서 성시한과 카렌 이나시우스가 마주 섰다.

시한의 결론을 들은 카렌은 기뻐하지 않았다. 슬퍼하지도 않았다.

그저 이해할 수 없다는 표정만을 지었다.

"…날 용서한 거예요, 시한?"

"그건 아니야. 아직도 그날의 일을 생각하면 화가 나."

지금의 카렌을 보며 더 이상 증오의 감정이 생기지 않는 것은 사실이다. 그렇다고 과연 그녀를 보며 느끼던 옛날의 호의와 애정이 돌아왔는가?

그렇지는 않았다.

"솔직히 말하면, 누군가를 용서한다는 게 현실적으로 가능한 건지도 의심스럽고."

용서의 사전적 정의는 '지은 죄나 잘못한 일에 대하여 꾸짖거나 벌하지 아니하고 덮어 줌'이다. 대체 얼마나 거룩한 성인이 되어야 저 정의를 완벽히 지킬 수 있는 건지 모르겠다. 뭐, 진짜 성인이라면 애당초 복수할 생각도 안 품었겠지만.

시한이 말을 이었다.

"난 배신자들이 지닌 모든 것을 빼앗겠다고 맹세했다."

과거의 혁명 영웅, 불사의 마녀 카렌 이나시우스는 죽었다. 여기 있는 것은 글람 신전 고아들의 선생님, 프린 리아나뿐이다.

"지금의 당신은 그 맹세에 부합돼."

그는 굳이 카렌으로 하여금 교황위에서 물러나라든가, 이름을 버리고 살아가라거나 하는 구차스러운 조건 따윈 붙이지 않았다.

그녀는 테라노어의 다른 왕과 처지가 다르다.

투기나 마력이 없다 해도 왕은 왕이다. 하지만 신성력이 없는 교황은 더 이상 교황일 수 없다.

싫든 좋든 모든 힘이 사라진 시점에서 카렌은 본인의 능력뿐 아니라 그녀가 누리고 있던 권세와 권력까지 모두 잃었다.

"카렌, 당신은 대가를 치렀어."

카렌은 고개를 숙였다. 보이지 않는 그녀의 입술 사이로 희미한 목소리가 새어 나왔다.

"…그럼 다른 이들도 나와 같은 대가를 치르면 용서할 건가요?"

시한이 단호하게 대답했다.

"당신과 같은 조건이라면."

그리고 피식 웃으며 첨언했다.

"차원 너머 생지옥 투어를 떠나는 것 말고, 그들이 다른 대가를 치를 수 있는지는 의문이지만 말이지."

카렌이 치른 대가를 인정한 이유는 그녀의 능력이 사라지고 일반인만도 못하게 되었다는 점이 가장 크다.

"그런데 소드하이어나 마기언의 힘을 없애려면 대체 어떻게 해야 할까?"

한국의 무협 소설 같은 데야 그냥 단전만 부수면 편하게 내공도 사라져 주고 하지만, 테라노어에서 사지 멀쩡하게 투기나 마력만 없애는 방법 따윈 없다. 카렌이 특별한 경우였을 뿐이다.

"팔다리를 모두 자르거나 혀를 뽑으면 되려나?"

"…차라리 차원 너머로 던지는 게 자비롭겠네요."

카렌이 힘없이 웃었다. 어쩐지 안심한 표정이었다.

대가를 치렀으니 용서하겠다는 말은, 무슨 일이 있더라도 대가를 치르지 않으면 용서하지 않겠다는 말도 된다.

"무르다고 생각했는데, 오히려 반대군요."

성시한이 몸을 돌렸다.

"그럼 난 이만 돌아가겠어."

이걸로 그녀와의 일은 전부 매듭지었다. 더 이상 이곳에 볼 일은 없다.

방문을 나서려다 말고 잠시 그는 머뭇거렸다. 생각해 보니 모든 것이 매듭지어진 건 아니었다.

주저하다 시한이 입을 열었다.

"…카렌이 날 어떻게 생각했는지, 지금 어떻게 생각하는지 는 잘 모르겠지만……."

그녀로부터 등을 돌린 채 나직한 중얼거림을 이어간다.

"미안해. 그것에 대해선 답을 줄 수 없어. 지금의 난 다른 걸 생각할 여력이 없으니까."

그 말을 마지막으로 시한은 방을 나섰다. 홀로 방 안에 남은 카렌은 말없이 서 있었다.

깊은 침묵 끝에 그녀는 나지막한 한마디를 토해냈다.

"미안해요, 시한……."

눈물은 나오지 않았다. 그런 건 이미 몇 년 전에 전부 말라 버렸다.

*　　　*　　　*

시한 일행은 글람 마을을 떠나 이나시우스 교국 수도, 리자테리움으로 향했다. 관도를 따라 걷다 말고 알리타가 아차 싶어 중얼거렸다.

"어머, 그러고 보니 디나는 어쩌지?"

원래는 하루 안에 다녀올 여정이었는데, 어쩌다 보니 며칠씩이나 지체했다. 제논도 난감해했다.

"이거 엄청나게 걱정하고 있겠군. 어떻게 둘러댄다?"

앞장서 걸어가며 시한이 한마디 건넸다.

"디나의 설득은 일임하지, 제논. 그 아가씨 묘하게 나한테는 날이 서 있더라고. 왜일까?"

"그러게요? 왜일까?"

성시한이 고개를 갸웃거렸다. 알리타도 고개를 갸웃거렸다.

제논만 턱을 주억거리며 말했다.

"모르는 게 낫습니다."

어쨌거나 지금 시한은 디나 일 따위 신경 쓸 겨를이 없었다. 카렌에게 얻은 정보를 정리하는 것만도 바쁜 것이다.

겉으론 죽어라 달려드는 척하면서 카렌은 은근슬쩍 이런저런 정보를 전해주었다. 특히 릴스타인이 연구 중이라는 검은 가루에 대한 정보는 결코 무시할 수 있는 것이 아니었다.

'카렌은 그 촉매를 이용해서 내게 테라노어의 질병을 거는 데 성공했지.'

즉, 릴스타인 역시 그 촉매를 이용한다면 성시한에게 테라노어의 마법을 통하게 만들 수 있다는 의미다. 그야말로 천금 같은 정보였다.

'어휴, 모르고 덤벼들었다간 큰일 날 뻔했네.'

다른 것도 있었다.

카렌에게 과거의 진실에 대해 듣고 난 뒤 던진 질문이었다.

\* \* \*

"나를 죽이려 한 자와 반대한 자는 누구지?"

처음엔 굳이 물어보려 하지 않았다. 젝센가드의 수많은 헛소리 중 그나마 와 닿는 게 있다면 이것뿐이다.

'그건 왜 물어보는데? 죽일 생각 없었던 애들은 용서하고 복수 접으시게?'

맞는 말이었다. 어차피 배신한 건 마찬가지인데 저걸 알아서 무슨 의미가 있을까?

하지만 아무래도 호기심을 누를 수가 없었다.

카렌은 순순히 대답해 주었다.

"테오란트는 시한을 죽이는 데 반대했어요."

그녀 역시 반대한 입장이었다. 전투 중엔 못 죽인 것뿐이라며 거짓말을 했었지만, 이미 과거의 진실을 밝힌 후였으니 속일 이유가 없었다.

"그럼 나머지 한 명은 누구지?"

"릴스타인이었어요."

대답하면서도 카렌은 시한의 눈치를 보았다. 이 말은 곧, 성시한이 그토록 사랑했던 레비나가 그를 죽이는 데 찬성했다는 의미니까.

하지만 시한은 동요하지 않았다.

"그래? 좀 의외네. 릴스타인도 죽이자는 쪽일 줄 알았는데."

진실을 모를 땐 여섯 명의 친구 중 대체 누가 그를 죽이려 했는지 짐작할 수가 없었다. 하지만 미련을 끊은 지금은 객관적으로 그들의 성격을 냉정히 바라볼 수 있다.

그리고 냉정하게 본 친구들의 진정한 모습은……

"솔직히 말하면, 살리자는 측이 셋이나 되는 게 더 이상하거든?"

비교적 고지식한 편인 테오란트와 온화한 카렌 이나시우스 말고 또 다른 한 명이 전혀 떠오르지 않았던 것이다.

"성격만 놓고 보니까 이놈도 저놈도 전부 나를 죽이자고 했을 것 같더라고."

"아주 틀린 말은 아니에요."

분명 릴스타인은 성시한을 죽이지 않는다는 쪽이었다. 하지만 테오란트나 카렌 이나시우스와는 뉘앙스가 좀 달랐다.

두 사람은 시한을 죽일 순 없다고 했지만…….

"릴스타인은, 시한이 죽으면 곤란하다고 했어요."

         *         *         *

테라노어 대륙의 서남쪽에 위치한 릴스타인 왕국, 서북의 사파란 왕국, 중앙의 구 젝센가드 왕국.

이 삼국의 경계에 세상에서 잊히며 버려진 도시가 있었다.

한때는 테라노어에서 가장 아름답고 융성했던 도시, 루스클란 제국의 천년 황도 클라틸이었다.

제국의 멸망과 함께 황도 클라틸은 철저히 파괴되었다. 성난 혁명군과 민중들은 제국의 상징이나 다름없던 이 도시를 두고 보지 않았다.

이미 광제의 수많은 마물과 혁명군의 격돌로 인해 부서질 대로 부서진 곳이었다. 거기에 온갖 방화와 약탈이 뒤를 이었다.

아름답던 황궁과 각종 건물들이 불타 무너졌다. 온갖 금은보화와 미술품들은 철저히 수탈되었다. 수많은 피가 도시의 하천을 붉게 물들였다.

　제국 4대 도시와 달리 혁명 6영웅은 황도 클라틸을 그대로 남겨둘 생각이 없었다. 그야말로 주춧돌 하나까지 철저히 파괴당했다.

　이후 황도 클라틸은 저주받은 곳으로 여겨져 테라노어인 누구도 가까이하지 않는 금지가 되었다. 육왕국을 건설한 혁명 6영웅들도 이 도시만큼은 자신의 영토로 삼지 않고 버려두었다.

　버려진 도시, 세상으로부터 유리된 장소.

　그곳에 온갖 암흑가의 범죄자들이 모여든 것은 자연스러운 일이었다. 처음에는 관리의 눈을 피해 암시장이 열리는 정도였지만 시간이 흐를수록 그 규모가 커져갔다.

　이제 황도 클라틸은 다른 명칭으로 불리고 있었다.

　선량한 일반 시민들은 상상도 하지 못할 음모와 죄악이 소용돌이치는 무법지대, 마경 클라틸.

　그곳에서 수많은 범죄자들이 세상의 눈을 피해 살아갔다. 하지만 그 누구보다도 은밀하게 살아가는 그들조차도 미처 알지 못하는 사실이 있었다.

　세상의 어둠이라 생각했던 자신들의 터전, 그 발밑 지저 2킬로미터에 달하는 깊은 곳에 더욱 큰 어둠이 숨어 있었다는 사실이.

거대한 공간이었다.

높이 30미터에 넓이가 족히 수백여 미터에 달하는 광활함, 너무나 거대해서 이것이 현실에 존재할 수 있을지조차 의심스럽다.

하지만 이 공간은 틀림없이 실재하며, 더구나 인간의 손으로 만들어진 것이었다.

자연스러운 공동이라면 천장과 바닥이 매끈하게 다듬어지지도 않았을 것이고, 벽마다 온갖 마법적인 문양이 새겨져 있지도 않을 것이며, 수많은 석조 기둥이 천장을 받치고 있지도 않을 테니까.

'루스클란의 유산'이라 이름 붙은 이곳은 이미 수백 년 가까이 잊혀 있었다. 심지어 황도 클라틸의 주인이었던 광제 루스타나드조차도 이 장소에 대해선 알지 못했다.

그 망각의 공간에 한 사내가 서 있었다.

붉은 로브를 걸친 흑발 금안의 사내, 적색의 릴스타인이 빛을 발하는 거대한 마법진 앞에 서서 언령을 읊조린다.

"열려라, 이계의 문이여……."

공허가 입을 연다. 칠흑의 원이 차원을 찢어발기며 허공에 나타난다.

릴스타인이 빙그레 웃었다. 여기까지는 루스클란의 이계 소환술사라면 누구나 할 수 있는 일이었다.

하지만 이후부터는 다르다.

릴스타인은 두 팔을 들었다. 소매를 걷은 두 팔엔 복잡한 문양의 검은 문신이 잔뜩 새겨져 있었다.

광제 루스타나드의 직계 혈족, 듀그란트 델 루스타나드 루스클란.

그의 심장을 불태운 뒤 그 재를 마법의 용액에 섞어 새긴 문신이었다.

문신이 빛을 발했다. 가공할 마력이 전신에서 뿜어져 나왔다. 붉은 로브가 풍랑을 만난 돛처럼 미칠 듯이 펄럭이기 시작했다.

'좋아.'

릴스타인은 만족했다. 문신화한 촉매의 반응이 기대했던 대로였다.

입술 사이로 온갖 과거의 문헌과 지식을 망라해 새롭게 정립한 마법의 언어가 흘러나온다.

"…위대한 의지여, 세계의 창문을 열어라. 권능의 창이 삼천 세계를 관통해 정명한 빛을 드리울지니!"

마법이 완성되었다.

느껴진다. 온갖 마물이 들끓는 지옥 같은 세계가 아닌, 테라노어와 마찬가지로 눈부신 하늘과 푸른 바다를 지닌 생기로 가득 찬 세상이!

릴스타인이 미친 듯이 웃음을 터뜨렸다.

"하하, 하하하! 으하하하하!"

성공했다! 드디어 성공했다!

"드디어 지구에 닿았다!"

그는 벅찬 감동에 몸을 떨었다.

과거에도 몇 번이나 차원문을 열고 지구를 찾아 마력을 쏘아냈다. 개중엔 거의 근접한 적도 꽤나 많았다.

하지만 그것은 비유하자면 멀리서 바라보는 것에 불과했다. 창문 너머로 아련히 보기만 할 뿐 안쪽으로 손을 뻗을 수가 없었다.

그러나 이제는 다르다.

드디어 창문을 열었다.

릴스타인은 흥분한 채 마력을 끌어올렸다. 아직 의식은 끝난 것이 아니었다. 아직 목적을 완전히 달성하지 못했다.

"하하하!"

광소를 터뜨리며 차원문을 향해 손짓을 한다. 뭔가를 휘저어, 뭔가를 찾는 듯한 모습이다.

그렇게 몇 번을 더 손을 휘젓던 중이었다.

"으하하… 어라?"

웃음을 멈추고 릴스타인이 눈을 깜빡거렸다. 뭔가 이상했다.

"뭐야? 이게 어떻게 된 거지?"

당황한 그는 계속 팔을 휘둘렀다. 손짓이 격해졌다. 그에 따라 마력의 흐름도 격해졌다.

하지만 아무리 손짓을 하고 또 해봐도 결과는 달라지지 않았다.

멍한 얼굴로 릴스타인이 중얼거렸다.

"…이 녀석, 어디 갔어? 설마 죽었나?"

# Chapter 5

## 유비무환(有備無患)은
## 언제나 옳다!

며칠 만에 돌아온 시한 일행을 디나는 반갑게 맞이했다.

"다들 수고하셨습니다!"

당혹스러울 정도로 그녀는 자연스러운 태도를 보였다. 어떻게 둘러대나 고심하던 시한 일행이 어처구니없어 할 정도였다.

이어진 디나의 질문을 듣고서야 이유를 알았다.

"…켈테론 후작님의 비밀 임무는 잘 처리하신 건가요?"

디나도 처음엔 걱정을 했다. 하루 안에 돌아와야 할 시한 일행이 감감무소식이었으니까.

그때 사절단장인 그란셸 남작이 그녀에게 슬쩍 언질을 준 것이다.

그들은 켈테론 후작에게 받은 비밀스런 임무가 있다고. 임무의 특성상 좀 지체될 수도 있으니 걱정하지 말고 일단 기다리라고.

이 역시 켈테론이 미리 손 써놓은 것이었다.

최대한 성시한이 자유롭게 움직일 수 있도록, 혹여 미처 예상치 못한 상황이 생기더라도 위장 신분에 문제가 없도록 남작에게 미리 행동 강령을 주입시켜 놓았다.

실로 섬세한 일 처리였다. 라텐셸에 있을 염소수염의 중년 사내를 떠올리며 시한은 진심으로 감탄했다.

'이야, 지구에서 서비스업 해도 대성할 양반일세?'

덕분에 모든 일이 깔끔히 끝났다. 그리고 보름 뒤, 업무를 끝낸 라텐베르크 사절단은 본국으로 귀국했다.


예전의 성시한은 이렇게 생각해 왔다.

'힘을 완전히 되찾을 때까지 마냥 처박혀 있을 생각은 없어! 이미 십 년이나 시간 낭비를 했는데, 여기서 더 하라고?'

하지만 카렌과의 전투로 쓴맛을 보고 난 뒤론 바뀌었다.

'닥치고 힘 완전히 되찾을 때까지 마냥 처박혀 있어야겠다. 아우, 세상 우습게 보지 말아야지.'

사실 그 전투는 성시한이 패한 것이나 다름없다. 카렌이 일부러 질질 끌어서 망정이지, 작정하고 죽이려 했다면 알리타의 도움을 얻기도 전에 상황 종료되었을 것이다.

'카렌이 예상보다 더 강해졌다 해도 나한테는 개조한 혼천기라는 숨은 한 수가 있으니 충분히 이길 거라 생각했었는데…….'

카렌 역시 숨은 한 수가 있었다. 그렇다면 다른 배신자들에게 숨은 한 수가 없다는 보장이 어디 있을까?

'젝센가드를 쉽게 처리하는 바람에 너무 자만했지.'

깊이 반성하며 성시한은 켈테론을 불렀다.

"왜 부르셨습니까, 시한 님?"

"새로운 은신처가 필요하다."

지금 묵고 있는 켈테론 저택의 별채는 젝센가드를 처리하기엔 최적의 장소였다. 왕궁과 가깝고 바로 라텐셀 시내로 나갈 수 있으니까.

그러나 일이 끝난 지금은 별 가치가 없었다.

일단 시내에 위치해 있다 보니 마음껏 투기나 마법 연습을 할 수가 없다. 달인급 소드하이어로 위장하고 있으니 투기진이나 투기강 수련도 불가능하다.

전력을 다해도 되는, 남의 시선을 신경 쓰지 않고 광범위한 파괴 행위를 부담 없이 저지를 수 있는 은밀한 장소가 필요했다.

"그리고 투기용 비약도 필요하군. 최대한 많이 모아주게."

예전에는 적당히, 켈테론이 알아서 바치는 비약과 영약 정도로 만족했다. 저 비약이 얼마나 비싼 물건인지 아는데 그 이상을 요구할 마음은 들지 않았다.

하지만 이제는 수단과 방법을 가리지 않고 무조건 전력을 회복하는 데 집중할 생각이었다.

"물론 당장 처리하라는 건 아냐. 시간이 필요하다는 건 이해한다. 그래도 두 달 이상 걸리는 것은 곤란해."

단호하게 명령하면서도 시한은 내심 미안해했다.

재상이 된 후 이래저래 바쁜 켈테론이었다. 국왕이 바뀌었으니 그 후속 처리 업무도 장난이 아니다.

거기에 또 일거리를 늘리자니 아무리 켈테론이라도 쉬운 일은 아닐 것이다… 라고 생각했는데.

"지금 바로 처리할 수 있습니다만?"

의외로 켈테론의 대답이 너무 호쾌했다.

"엥? 당장?"

"네."

고개를 끄덕이며 켈테론이 웬 서류 한 무더기를 들고 왔다. 그리고 테이블에 펼쳐 놓으며 자랑스러운 듯 말했다.

"편하신 대로 고르십시오, 시한 님."

왕도 라텐셀 인근의 여러 고성들이었다.

국토 대부분이 산지인 이 나라는 그만큼 험준한 장소에 위치한 성들이 많았다. 모두 루스클란 제국 시절 군사용으로 사용되던 곳이다.

"젝센가드를 처리했으니 좀 더 은밀한 은신처가 필요하실 거라 생각했습니다. 그래서 제 나름대로 괜찮은 위치를 선정했는데 시한 님 의향은 어떠신지?"

황당해하며 시한이 되물었다.

"왜 진작 이 이야기를 안 했나?"

부끄러워하며 켈테론이 머리를 긁적였다.

"성 내부를 살 만하게 꾸미고 믿을 만한 하인과 하녀들을 모집하는 데 시간이 좀 걸렸습니다. 아직 준비가 덜 끝나서 감히 말씀을 못 드렸지요."

성시한은 서류를 마저 살펴보았다.

켈테론의 '준비'라는 것은 그냥 고성 좀 청소하고 시종을 모은 정도가 아니었다. 성 전체를 수리, 단장하고 생활에 필요한 여러 물자들을 비치하는 한편 꾸준한 보급을 위한 보급 체계까지 갖춰놓았다.

"어차피 그 성들은 전쟁을 대비해 수리하고 보급선을 확보해야 할 곳들이었으니까요. 그냥 겸사겸사 처리한 것입니다."

그리고 '온갖 최고급 가재도구'와 '입 무거운 시종'들은 따로 준비해 두었다가 시한이 저 고성 중 하나를 택하면 바로 이송시킬 계획이었다고 했다.

시한은 그저 멍한 표정만을 지었다. 이 상황에 어울리는 건지는 잘 모르겠지만, 그는 지금 감동마저 느끼고 있었다.

"대, 대단하네……."

이 정도로 완벽하게 모든 것을 대비해 놓다니? 이쯤 되니 오히려 궁금해진다.

"아니, 대체 여기서 무슨 준비가 덜 끝났다는 거야?"

송구스럽다며 켈테론이 슬쩍 웃었다.

"실력 있는 요리사를 아직 못 찾았습니다. 시한 님께서 조악한 식사를 하실 수는 없는 노릇 아니겠습니까?"

"아, 요리사는 필요 없어."

그래, 확실히 그건 필요 없지.

혀를 내두르며 성시한은 고성 중 하나를 골랐다.

포터 성, 제국 시절 군사 기지로 사용된 왕도 라텐셀 북쪽에 위치한 산성이었다. 주위에 마을도 없고, 마수가 자주 출몰해 산사람들도 잘 접근하지 않는 곳이었다.

"이곳이 마음에 드는군."

시한의 선택에 켈테론이 고개를 끄덕였다.

"내일까지 가재도구와 시종들을 이동시키겠습니다. 시한 님께선 그들과 함께 포터 성으로 가시기만 하면 됩니다."

그리고 자연스럽게 한마디를 덧붙였다.

"그간 모아둔 비약과 영약도 함께 옮겨두도록 하죠."

"모아둔 비약과 영약?"

"네, 거기 서류에 있는데……."

시한은 서류 뒷장을 살펴보았다. 그리고 한 번 더 놀랐다.

그가 이나시우스 교국을 다녀올 동안, 켈테론은 온갖 투기용 비약과 영약을 미리 모아두었던 것이다. 따로 시키지도 않았는데!

비약의 양을 확인하며 시한이 입을 쩍 벌렸다.

"맙소사, 이게 대체 얼마야?"

예전에도 그 비싼 비약을 간식처럼 먹어댄 시한이었다. 하지만 지금 모아둔 양을 보면 간식이 아니라 하루 세끼, 주식처럼 먹어도 될 것 같다.

"이건 또 언제 구해놨대?"

간사하게 손바닥을 비비며 켈테론이 웃었다.

"혹시 시한 님께 필요할지도 몰라서 미리 모아두었습니다요, 헤헤."

"그래놓고 내가 필요 없다고 하면 어쩌려고?"

"조만간 육왕국 모두가 수장을 잃을 것 아닙니까? 그럼 당연히 내전이든 뭐든 전쟁이 벌어질 것이고, 그럼 소드하이어의 가치도 높아질 것이고, 그럼 자연스레 비약과 영약의 가격도 폭등을……."

"…절대 손해 볼 짓은 안 하는구만."

왠지 기운이 빠져 시한은 의자에 몸을 묻었다. 켈테론에게 지시하며 두 달의 여유를 주었는데, 그는 고작 2분 만에 다 해결해 버렸다.

"잘도 준비해 놨네? 왜 젝센가드가 그렇게 타락했는지 알 것 같은 기분이 들었어, 방금."

세상에, 멀쩡한 인간도 이렇게 알아서 척척 준비해 주면 게 을러지지 않을 수 없겠다.

"좋은 사냥꾼은 화살이 떨어지지 않는다는 말도 있잖습니 까? 준비를 철저히 해둬서 나쁠 것 없지요."

새삼스런 눈으로 시한은 켈테론을 바라보았다. 확실히 저 말을 무시해서 카렌과의 전투에서 그 고생을 했었지.

진심을 담아 그는 켈테론을 치하했다.

"더 바랄 나위가 없군. 훌륭하다, 켈테론."

"감사합니다, 헤헤."

기쁜 듯 켈테론이 웃었다. 그리고 슬쩍 물었다.

"그럼 이나시우스 교국은 이제 어떻게 되는 겁니까?"

켈테론 역시 현재 카렌의 상황에 대해 시한에게 들어 알고 있었다. 라텐베르크 왕국의 재상으로서, 인접 국가의 상황을 파악하는 것은 중요한 일이다.

"당장 눈에 띄는 변화는 없겠지."

젝센가드 때와 달리 카렌 이나시우스가 힘을 잃었다고 이나시우스 교국이 바로 혼란에 빠지진 않을 것이다.

"당분간은 가짜 카렌이 계속 왕위에 앉아 있을 테니까."

그렇다고 계속 저 상태가 유지될 리는 없다. 실버문 찬미제 때 진짜 카렌이 나타날 수 없게 될 테니 그 전에 뭔가 조치를 취하긴 할 터.

날짜를 계산해 보며 켈테론이 대답했다.

"반년 정도의 유예기간이 있겠군요."

"그렇겠지."

실버문 찬미제는 1년 중 가장 달빛이 강해지는 만월의 밤이다. 그날은 태양의 힘이 가장 약해지는 한겨울에 위치해 있다.

시한이 어깨를 으쓱였다.

'한국으로 치면 정월 대보름 같은 거니까 말이지.'

머릿속으로 뭔가를 계산하며 켈테론이 진지하게 중얼거렸다.

"또다시 대륙의 세력 판도가 바뀌겠군요. 그 전에 준비를 해둬야겠습니다."

성시한은 자리에서 일어났다.

"난 그럼 포터 성으로 가겠어. 다른 소식이 들어오면 바로 연락하도록."

　과거의 자신이 무엇을 잘못했는지 알았다.

　과거의 자신이 잘못한 것이 없다는 사실도 알았다.

　무고한 이들의 죽음을 막으려 한 것에 후회는 없었다. 그것은 옳은 일이었다. 하지만 그 의지를 관철하기 위해 검을 빼든 것은 분명 잘못이었다.

　그러니 친구들이 그 사실을 비난하고 화를 내고 심지어 적의를 보인다 해도 그것은 시한 자신이 감수해야 할 몫이었다.

　하지만 그들은 그렇게 하지 않았다. 웃는 가면을 쓴 채 그를 대하고, 우정을 가장한 채 그를 이용하다가, 마지막 순간 지구로 추방해 버렸다.

　과거의 그는 결코, 저런 배신을 당해야 할 정도로 잘못을 저지른 적이 없었다.

　'그들이 스스로 선택한 거야.'

　미망은 사라졌다.

　남은 것은 배신자들에게 스스로의 선택에 대한 대가를 치르게 하는 것뿐.

　포터 성으로 옮긴 뒤 시한 일행은 철저히 수련에만 임했다. 하루 일과 전부가 강해지는 데 들어가는 시간이었다. 수련은 물론이고 휴식조차도 수행의 일부였다.

수행을 제외한 일상의 모든 것은 켈테론이 준비한 시종들이 대신했다.

세심하게 가정환경과 성품을 조사해 뽑은 그들은 결코 시한 일행에게 불필요한 관심을 가지지 않았다. 정확히 주어진 임무만을 행할 뿐이었다.

뭐, 그렇지 않더라도 어차피 시종들이 시한 일행의 수행을 훔쳐볼 방법 따윈 없었지만.


＊　　　＊　　　＊


커다란 공터 위로 푸른빛이 솟구친다.

"타아아앗!"

성시한은 기합을 터뜨렸다. 푸른 투기강이 하늘을 가르며 사방으로 쏟아졌다.

콰콰콰쾅!

폭음이 사방으로 울려 퍼졌다. 하지만 그 폭발을 보는 외부인은 없었다.

현재 그가 위치한 수행 장소는 깎아지른 절벽 위의 넓은 평지였다.

높은 산 위쪽을 뚝 잘라버린 것 같은 지형, 한쪽은 깎아지른 절벽에 다른 한쪽도 심한 경사에 온갖 수목이 빽빽이 자라 있어 사람은 고사하고 마수나 동물조차 지나가기 힘든 곳이었다.

여러 후보지 중 포터 성을 고른 이유가 이것이었다. 절벽을 산양처럼 타고 오르지 않는 한, 일반인은 이곳에 올 방법이 없는 것이다.

덕분에 시한은 누군가에게 들킬 염려 없이 마음껏 4대 고유 투기술을 연습하고 있었다.

"신경 쓸 필요 없으니 진짜 편하네."

조금 떨어진 곳에서 알리타와 제논도 함께 수련 중이었다.

짙은 어둠이 공터를 가로지른다. 어둠 사이로 백금발의 소녀가 모습을 드러내고, 이내 어둠이 되어 다시 모습을 감춘다.

잠형기를 수행 중인 알리타였다.

지금이 벌건 대낮이다 보니 그냥 어둠을 둘렀다 풀었다 하는 걸로만 보이지만, 만약 밤이었다면 신출귀몰하게 움직이는 것처럼 보였을 것이다.

제논 역시 패왕기에 능숙해지기 위해 연신 투기검을 휘두르고 있었다. 한참 움직이다 제논이 문득 중얼거렸다.

"그나저나 디나에겐 좀 미안하군. 이래서야 완전 따돌리는 것 아닌가?"

현재 디나의 실력으론 이 수행 장소까지 올 방법이 없다. 그래서 스스로 이곳에 도달할 정도로 노력하라며 포터 성에 남겨 놓았다.

하지만 사실 마음만 먹으면 디나를 데리고 오는 건 전혀 문제가 안 된다. 시한, 알리타, 제논 모두 소녀 하나쯤 안고 이곳까지 오는 것은 일도 아니다.

그저 성시한의 정체를 숨기기 위해 둘러댄 말일 뿐.

알리타를 보며 제논이 물었다.

"슬슬 시한의 정체를 말해줘도 되지 않을까? 충분히 믿을 만한 것 같던데."

그녀도 동감이란 표정이었다.

"그렇죠? 솔직히 좀 불편하기도 하고."

알리타는 시한을 바라보았다. 그 역시 마침 쉴 생각인지 주저앉아 호흡을 고르고 있었다.

그에게 다가가 제논의 의견을 전했다.

"안 그래도 나도 그 생각은 하고 있었어."

시한도 이미 염두에 둔 모양이었다.

"힘을 완전히 회복하면 디나에게도 말해주려고. 일단은 과거의 힘을 되찾는 데 전념할 생각이야."

"혜, 카렌과의 전투가 좋은 영향을 줬나 보네요?"

시한의 진지한 얼굴을 보며 알리타는 살며시 웃었다. 그리고 물었다.

"이럴 거면서 왜 그동안은 서두른 건데요? 빨리 복수하고 지구로 돌아가야 할 사정이라도 있는 거예요?"

시한이 입을 삐죽였다.

"너무 지체하면 곤란해. 주민등록 말소된단 말이야."

"네?"

"게다가 예비군 훈련 빠지면 벌금에 추가 교육 나온다고. 아오, 올해는 벌써 날려먹었네."

"……?"

뭔 소린지 전혀 모르겠다. 알리타는 어리둥절했다.

시한이 피식거리며 웃었다.

"농담이야."

실제로 농담이었다. 저런 문제쯤이야 돈만 좀 들이면 얼마든지 해결되는 것이다. 그리고 그는 지구에도 충분히 많은 재산이 있다.

"난 내가 서두르고 있다는 생각을 못 했어. 이 정도면 됐다, 이 정도면 충분히 준비했다고 여겼지. 이제야 그게 오만이란 걸 알았고."

웃으며 그는 말을 이었다.

"앞으론 철저히 준비할 생각이야. 우리의 준비 대마왕 켈테론 선생을 본받아야지, 큭큭."

딴에는 농담이라고 한 건데, 알리타의 표정이 오히려 진지해졌다.

"안 그래도 그것 때문인데요……."

심각한 얼굴로 그녀가 말을 이었다.

"앞으로는 켈테론 공이 넘겨짚어 준비하는 건 신경 쓰는 게 좋을 것 같아요."

"응? 왜?"

"좋은 일이든 나쁜 일이든 짐작하지 못했던 상황에 처하는 것 자체가 뒤통수 맞는 일이잖아요?"

어떤 경우에도 만반의 대비를 한다는 건 물론 훌륭하다. 하지만 충성이 아니라 아첨이기도 하다. 자신의 진심은 숨긴 채 가식적으로 상대의 마음을 사려는 행위니까.

"그는 분명 유능해요. 하지만 여전히 신뢰할 수는 없어요. 적어도 제가 본 바론 그래요."

알리타는 어릴 적에 켈테론 같은 인간형을 자주 봐왔었다.

그녀가 루스클란 황실에서 살던 때는 무려 십 년 전, 고작 7살이었다. 보통 사람이라면 저렇게 어린 시절은 잘 기억하지도 못할 것이다.

하지만 당시의 알리타는 평범한 7살짜리 어린애가 아니라 거대한 제국의 공주였다.

온갖 모략과 암투가 점철된 황실에서의 유년기는 쉽게 잊을 수 있는 시간이 아니다.

"켈테론 공이 시한에게 역심을 품고 있는 건 아닐 거예요. 제가 본 그는 확실히 시한을 거역할 생각이 없어요. 하지만 여전히 속내를 감추고 빙빙 돌려서 시한을 대하고 있지요."

신경 쓰지 않아도 밑에서 알아서 척척 해낸다는 건 절대 좋은 게 아니다. 정말 중요한 건 상호 간의 올바른 소통이다.

"그 소통이 막혔을 때 무슨 일이 일어나는지 전 알아요."

불길에 휩싸인 황궁 루스클라니움을 떠올리며 알리타는 말을 맺었다.

"제대로 의견을 주고받는 것, 그게 시한과 켈테론 공 두 사람 모두를 위한 길일 거라 생각해요."

"그렇군……."

성시한은 고개를 끄덕였다. 켈테론을 상대할 때마다 기분이 좋으면서도 뭔가 찜찜한 느낌이 들었는데, 이제야 이유를 알겠다.

"고마워, 알리타."

감사를 건네며 시한이 신기한 듯 그녀를 바라보았다.

"그나저나, 너 이런 거 굉장히 잘 안다?"

웃으며 알리타도 대꾸했다.

"속내를 감추고 빙빙 돌려 말하는 이모가 무려 1만 명이었 잖아요?"

한참 생각하고 나서야 그는 저 '이모'가 광제의 1만 후궁임을 깨달았다.

"정확히 1만 명은 아니고 늘었다 줄었다 했지만요. 엄마한테 물어볼 때마다 숫자가 달라지더라고요, 헤헤."

알리타가 순진한 표정으로 웃었다.

물론 생각해 보면 절대 웃을 일이 아니다. 늘어나는 거야 광제가 후궁을 더 늘려서 그렇다 쳐도 줄어든 건? 사고든 병사(病死)든 간에 비명에 갔다는 소리잖아?

"황족 노릇도 할 게 못 되는구만……."

혀를 내두르며 성시한은 몸을 일으켰다.

"충분히 쉬었네. 수행이나 마저 하자."

부드러운 미소를 지으며 알리타도 따라 일어섰다.

"네, 시한."


강해지는 데 지름길은 없다는 격언이 있다.

틀린 말이다. 사실 지름길은 있다. 그게 지름길이라 느끼기 힘들 뿐이지.

성급하지 말고, 게으름 피우지 말고, 우직하게, 꾸준히 하루하루 수행과 휴식을 반복하는 것.

가장 느려 보이는 이 길이 실제론 강해지는 가장 빠른 지름길이다.

포터 성에 처박힌 채 시한 일행은 계속 지름길을 달렸다. 충실한 매일을 보내며 결코 옆을 돌아보지 않고 수행에만 열중했다.

시간이 흘렀다.

계절이 바뀌었다. 찌는 듯한 폭염이 한풀 꺾이고 시원한 바람이 산봉우리를 맴돌기 시작했다.

제일 먼저 변화를 깨달은 것은 제논이었다.

*　　　*　　　*

평소처럼 개인 훈련을 마치고 성시한과 검술 대련을 펼치던 중이었다.

한참 땀을 흘리며 대검을 휘두르던 제논의 안색이 일순 변했다.

"어……."

투기의 흐름이 달라졌다. 그 투기를 다루던 감각도 달라졌다.

오직 전신 갑옷과 손에 쥔 대검에만 영향을 미치던 그의 투기, 그 속에 깃든 의지의 영역이 더더욱 넓어진다. 전신에 걸친 의복은 물론 얼굴에 닿는 바람, 두 발로 짚은 대지의 일부, 심지어 흔들리는 머리칼까지 의지하에 놓인다.

실로 기이하면서도, 그지없이 상쾌하고 후련한 감각.

"이, 이거……."

순간 당황한 제논의 모습에 시한은 속으로 웃었다. 그리고 가볍게 투기를 쏘아 제논의 하프 플레이트 아머, 그 빈 부분을 노렸다.

무심코 제논이 옷자락에 투기를 부여했다. 옷자락이 강철처럼 단단해져 시한의 투기를 튕겨냈다.

파아아앗!

제논의 투기가 일순 폭발하며 전신 갑옷과 의복에 골고루 흘렀다. 모든 투기의 흐름이 자연스럽게 안정되었다.

동시에 그는 자신이 확실하게 벽을 넘어섰음을 깨달았다. 감각이 정립될 듯 말 듯한 시점에 시한이 적절하게 쐐기를 박아준 것이다.

검을 거두고 뒤로 물러서며 성시한은 축하의 말을 건넸다.

"달인급 소드하이어의 경지에 든 걸 축하한다, 제논."

"하, 하하하……."

감격에 젖어 제논이 실없이 웃었다.

"이거 참 이상한 기분이네요."

자신이 벽을 넘었다는 확실한 감각이 전신을 지배하고 있는데, 동시에 이 상황에 대한 실감이 전혀 안 든다. 대체 이 모순된 기분을 뭐라고 해야 하나?

별거 아니란 듯 시한이 어깨를 으쓱였다.

"원래 그래."

감동에 젖어 제논은 몇 번이나 검을 휘두르고 투기를 운용했다. 한참 후에야 흥분이 가라앉았다. 그가 성시한을 향해 정중히 고개를 숙였다.

"감사합니다, 전부 시한 덕분입니다."

"보통 여기서는 본인의 노력과 성실함이 빛을 보았다고 대꾸해야겠지만……"

시한이 능글맞게 웃었다.

"솔직히 내 덕분 맞긴 하지?"

머리를 긁적이며 제논이 대답했다.

"그렇죠, 뭐."

딱히 생색내려는 것이 아니라 정말로 제논의 이 빠른 성장은 시한의 역할이 지대했다. 패왕기를 가르쳐 준 것도, 제대로 된 투기의 길을 가르쳐 준 것도 그였다.

무엇보다도…….

"비약이랑 영약, 어마어마하게 먹었잖아?"

"제 팔자에 다시없을 호사였죠, 하하."

켈테론이 준비해준 막대한 비약과 영약은 정작 성시한에겐 별 쓸모가 없었다.

초인급 소드하이어는 흔들림 없는 자신을 정립하는 경지.

어지간해선 외부의 기운에 영향을 받지 않는다. 문제는 나쁜 외부의 기운뿐 아니라 좋은 기운의 영향도 받지 않아버린다는 것이다.

투기량이 늘수록 점점 비약의 효율이 줄어들더니, 결국 초인급의 벽을 넘고 나서는 비싼 똥을 눈다는 것 외엔 아무런 효과가 없어졌다. 시한도 비약이나 영약을 복용하는 사치는 과거 누려본 적이 없는지라 미처 이런 문제가 있는 줄 몰랐던 것이다

그렇다고 켈테론에게 반환할 마음도 들지 않았다.

'어차피 돌려줘 봤자 웃돈 붙여서 팔아먹을 텐데, 뭘?'

꾸준히 알리타와 제논, 디나에게 먹였다. 덕분에 세 사람 모두 상식적으론 있을 수 없는 속도로 성장하고 있었다.

"성실함만이 강해지는 유일한 지름길이긴 하지만 편한 신발과 의복, 충분한 영양이 공급되면 같은 지름길이라도 더 빨리 가는 법이지."

그렇지 않고서야 아무리 제논이 천재라도 고작 22살에 달인급에 들어서진 못했을 것이다. 이 정도면 과거의 젝센가드나 테오란트보다도 빠른 진도다.

"하지만 레비나는 그 나이에 이미 초인급이었지. 자만하긴 이르다, 제논."

"물론입니다, 시한."

정신을 차리고 제논이 진지하게 고개를 끄덕였다. 시한이 제논의 갑옷을 가리키며 말했다.

"그거 벗고 다시 붙어보자. 새로운 경지에 익숙해져야 할 테니까."

하프 플레이트 아머를 벗고 제논이 자세를 잡았다. 전신에 걸친 의복에 강철의 투기가 깃들어 강력한 방어력을 구사한다.

두 사람이 다시 붙었다. 검과 검이 맞붙고 투기와 투기가 춤을 췄다. 시한이 만족스러운 얼굴을 보였다.

"좋은데? 금방 익숙해지네."

그렇게 한참 대련을 하다 말고 문득 시한이 고개를 갸웃거렸다.

"그런데 제논 너, 그 검술 계속 쓸 거야?"

지금도 제논은 예의 '무식함과 우아함이 공존하는' 괴상한 검술 스타일을 고수하고 있었다. 제논이 걱정하며 물었다.

"제 검술에 문제가 있습니까?"

"아니, 나름대로 굉장하긴 한데……."

확실히 상대하긴 까다롭다. 산전수전 다 겪은 성시한이나 카렌조차도 일순 당황했을 정도니 사실 저 스타일도 갈고닦으면 꽤 괜찮긴 할 것이다.

"그래도 역시 검리에 맞는 방식은 아니잖아, 그거?"

편법은 편법일 뿐이다. 올바른 이치를 따르지 않는 검술은 당장은 쓸모 있을지 몰라도 착실한 성장엔 마이너스다.

게다가 양수검을 이용한 패도적인 검술은 패왕기와 영 어울리지 않는다. 폭렬기나 파산기면 모를까.

"개인적으론 한 손 검술로 바꾸는 게 좋지 않을까 싶은데."

패왕기의 원조인 용병왕 바락은 테라노어 서부에서 융성하는 한 손 검술, 피더페히트의 달인이기도 했다. 찌르기 위주에 베기를 곁들인, 전신을 옆으로 돌려 최대한 급소를 피하며 싸우는 스타일로 지구의 펜싱과 비슷한 느낌의 검술이다.

"나야 이계의 마물들을 상대하려다 보니 항상 클레이모어를 들고 다녀서 패왕기를 쓸 때도 양손 검술 위주였지만, 제논 넌 그럴 필요가 없잖아?"

하물며 과거의 성시한도 론다르크 장군을 처치한 후에는, 패왕기로 대인전을 펼칠 때마다 한 손 검술을 썼다. 형태를 자유자재로 바꿀 수 있는 마검 디재스터가 있었으니까.

"그렇군요……."

진지한 표정으로 고개를 끄덕이며 제논이 생각에 잠겼다. 그런 그를 바라보며 시한은 속으로 중얼거렸다.

'새로운 검이 필요하겠군. 켈테론을 시켜서 조달해 놔야겠는데?'

새로운 검은 필요 없었다.

며칠 뒤, 제논은 자신만의 해답을 찾아왔다. 그리고 새로운 검술을 시연하며 물었다.

"어떻습니까?"

"……."

성시한은 아무 말도 할 수 없었다.

제논의 새 검술은 사실 전혀 새롭지 않았다. 그냥 흔하게 알려진, 용병왕 바락이 사용하던 테라노어 서부 검술 피더페 히트였다.

지구의 펜싱 선수처럼 우아한 자세로 검을 잡고 앞으로 겨눈다. 그 상태로 빠른 전후 이동과 함께 검을 찌르고 당기고 흘리고 베어낸다. 참으로 섬세하고 날렵한 동작이다.

그런데 그 검술의 토대가 되는 검이, 황소도 두 동강 낼 무식한 크기의 양수검이었다.

쉽게 말해서 투 핸디드 소드를 들고 펜싱검처럼 찔러대고 있는 것이다!

"우와, 이건 뭐… 우와……."

세상에! 저 무식하게 큰 검을 한 손으로 '가볍게' 잡고 회초리처럼 휘두르다니? 저게 사람이 할 수 있는 짓인가? 아무리 덩치 크고 힘이 좋다지만…….

"나도 해봐야겠다."

하도 신기해 시한도 따라해 보았다. 생각해 보니 투기로 신체 근력을 증폭시킨 시점에서 투 핸디드 소드 정도면 충분히 한 손으로 휘두를 수 있는 무게였다.

확실히 못 할 건 없었다.

'그런데 잘할 수도 없네?'

몇 번 휘두르고 나서야 왜 투기로 힘을 증폭시키는 소드하이어들이 굳이 자신의 체격이나 근력에 맞는 무기를 쓰는지 그 이유를 알았다.

한 손으로도 가볍게 투 핸디드 소드를 들고 휘두를 순 있다. 그런데 순간순간 근육이나 관절에 부하가 걸린다. 투기의 흐름과 흐름 사이, 어쩔 수 없이 순수한 육체 능력으로 감당해야 하는 부분이 있는 것이다.

"난 못하겠다, 이거."

조금 휘두르다 시한은 포기 선언을 했다.

휘두르는 건 문제가 없는데 이 상태로 섬세한 기술을 구사하자니 조금씩 타이밍이 어긋난다. 그의 체구로 가능한 건 어디까지나 클레이모어를 이용한 양손 검술이다.

고개를 절레절레 저으며 시한이 신기한 듯 물었다.

"정말 팔목 안 아파?"

"안 아픈데요."

"어깨는?"

"괜찮은 거 같은데……."

"허리는?"

"이 자세가 원래 허리도 아픈 자세입니까?"

"…제논 너, 진짜 육체 능력 하나는 괴물이다."

투기검을 뽑아 들며 시한이 손가락질을 했다.

"어디 한번 붙어보자."

제논과 비슷한 투기량에 비슷한 스피드로 제한한, 수 싸움 위주의 대련을 하자는 것이었다.

"잘 부탁드립니다."

실제로 맞붙어본 제논의 검술은 기대 이상이었다.

자세나 검술 자체는 분명 상식적인데 그걸 투 핸디드 소드로 저질러 버리니 거리와 타이밍, 스피드가 모조리 예상 밖이다. 경험에 따른 예측이 전혀 되지 않는다.

더구나 검술 자체는 검리에 충실하다 보니 예전 지녔던 허점도 없다. 자연스럽게, 물 흐르듯 변칙적인 공격이 이어진다.

상대하는 시한이 절로 혀를 내두를 정도다.

'와, 이거 진짜 세잖아?'

예전엔 '무식함과 우아함이 공존하는 검술'이었는데 지금은 '무식하게 우아한 검술'이 되어버렸다!

뭐, 그렇다 해도 역시 성시한의 전투 경험에는 아직 못 미친다. 게다가 시한은 순수한 검술도 과거에 비해 월등히 늘었다.

시간이 지나며 제논의 손발이 점점 어지러워지기 시작했다. 결국 그가 검을 놓쳤다.

타앙!

"크으, 아직 갈 길이 멀군요."

저릿한 팔목을 매만지며 제논은 긴장한 얼굴로 시한을 바라보았다. 평가를 기다리는 것이었다.

"어떻습니까?"

"제논."

"네, 시한."

성시한은 진심 어린 찬사를 건넸다.

"너 천재 맞나 보다."


＊　　　　＊　　　　＊


제논에 이어 알리타도 벽을 넘었다.

투사급 소드하이어가 전신 갑옷에 투기를 부여하지 못하는 이유는, 오직 손바닥을 통해서만 투기를 외부로 발하는 것이 가능하기 때문이다.

어느 날 갑자기 그 감각이 전신 사지로 퍼져 나갔다.

"우와!"

알리타는 자신이 전신 어디로든, 손바닥처럼 투기를 발할 수 있다는 사실을 깨달았다. 시험 삼아 디나의 사슬 갑옷을 빌려 입고 투기를 부여해 보았다. 이내 강철 같은 투기가 갑옷 전역에 도도히 흘렀다.

드디어 기사급 소드하이어가 된 것이다.

기뻐하며 그녀는 시한에게 달려갔다.

"축하해, 알리타!"

시한도 기뻐해 주었다.

"갑옷 새로 맞춰야겠네?"

성시한은 잠시 고민했다. 알리타에게 무슨 갑옷이 어울릴까? 디나 같은 사슬 갑옷? 아니면 제논처럼 하프 플레이트? 아니면 미늘 갑옷이나 아예 정식 기사들처럼 풀 플레이트 아머?

알리타의 기존 전투 스타일과 어울리면서 충분한 방어력도 보장되는 그런 갑옷이 필요하다. 우아하고 예쁘면 더 좋고.

'뭐, 켈테론에게 맡겨놓으면 근사하게 하나 뽑아주겠지.'

들뜬 얼굴로 알리타가 뇌까렸다.

"벽을 넘어서 그런지 잠형기도 훨씬 수월해진 느낌이에요."

"해봐."

알리타가 투기술을 펼쳤다. 스피디한 검술을 펼치며 어둠을 흘려 그 사이로 계속 이동한다.

"많이 늘었네."

확실히 실력이 늘었다. 그동안 성실히 수련한 보람이 있었다. 그녀에게 먹인 비약값이 아깝지 않은 성장이었다.

하지만 시한의 표정은 의외로 시큰둥했다.

"딱 기대한 만큼 늘었구만?"

얼마 전 제논을 본 게 문제다. 하필 제논의 폭발적인 성장을 보고 난 후라 그런지 영 느낌이……

시연을 끝낸 뒤 알리타가 기대하는 표정을 지었다. 시한의 평가를 기다리는 것이다.

"알리타."

"네, 시한!"

"넌 천재는 아닌가 보다."

"……"


*              *              *


착실한 수행의 성과는 제논과 알리타만이 누린 것이 아니었다. 성시한 역시 노력한 만큼 보답을 받고 있었다.

한때 초인급에 머물러 있던 투기는 날이 갈수록 회복되어 다시금 벽을 넘었다. 슬슬 과거의 론다르크 장군이나 용병왕 바락과 비교해도 투기량 면에선 꿀리지 않는다.

하지만 그는 만족하지 않았다.

무신급 소드하이어의 경지를 되찾은 건 사실이지만, 이계구원자 시절의 경지까지 되찾은 건 아니었다.

'아무렴, 성급하게 굴지 말아야지.'

어쨌건 투기량은 착실하게 전성기로 돌아가고 있었다. 그런데 마력은 정반대였다.

'이거 대체 왜 이러는지 모르겠네?'

명상을 하다 말고 시한은 한숨을 쉬었다.

점점 회복세가 하락하던 마력량이었다. 그래도 꾸준히 명상을 게을리하지 않은 덕에 그럭저럭 7층 마기언 수준까진 회복했다.

그러고 나니 아예 성장이 뚝 멈춰 버렸다.

무슨 짓을 해도 마력이 더 늘어나질 않는다. 그릇은 분명 플로어 마스터의 마력을 감당할 만큼 방대한데, 어느 수위 이상까지 올라가면 더 모이질 않고 자연스럽게 흩어져 버리는 것이다.

마치 세면대에 물 틀어놔도 어느 시점에서 더 이상 차지 않는 것과 비슷한 느낌이랄까?

반면 알리타의 마력은 꾸준히 늘어나고 있었다.

마력량이 너무 높아서 문제인 알리타다. 그래서 그녀는 더이상 명상 따위 하지 않고 매일 아케인 블래스터를 연습하며 마력량 조절 감각을 익히는 데만 전력을 다하고 있었다.

그런데도 계속 마력이 늘어난다.

하도 어이가 없어 시한이 푸념을 하기도 했다.

"명상은 내가 하는데 마력은 왜 알리타, 네가 늘어나냐?"

알리타도 의아하게 여기긴 마찬가지였다.

"정말 시한의 마력이 저한테 안 흘러 들어오는 거 맞아요? 이거 아무리 봐도……."

"그냥 봐서는 아니긴 한데, 이쯤 되니 의심은 가네."

하지만 예전 이나시우스 교국에 있을 때, 거의 한 달 넘게 시한이 명상을 게을리했을 때도 알리타의 마력은 꾸준히 증가했다. 꼭 시한이 명상을 하면 그만큼의 마력이 늘어나는 것은 아니다.

"그리고 기분 탓인지는 모르겠지만 가끔은 조금씩 줄어드는 것 같기도 하고……."

"모르겠네. 혹시 내 소환 방식의 문제인가? 예전의 나랑 지금의 난 사실 좀 상황이 다르잖아."

과거의 시한은 심장 제물 의식으로 소환되었지만 지금은 알리타가 소환한 척하면서 시한이 제 발로 넘어온, 이도 저도 아닌 애매한 케이스다.

"아, 그럼 혹시 루스클란의 이계소환술에 대한 정보가 더 있으면 뭔가 단서를 잡을 수 있을까요?"

알리타의 질문에 시한은 고개를 저었다.

"이계소환술 술식 자체는 나도 알아. 차원문을 여는 것도 그 술식의 응용인데?"

루스클란의 이계소환술은 과거 혁명 7영웅도 알고 있었다. 워낙 붙잡은 이계 소환술사가 많았으니까.

하지만 그들이 아는 술식은 어디까지나 이계소환술의 발동 방법에 한해서였다.

루스클란 제국은 이계 소환술의 근본 원리나 이론에 대해선 철저히 비밀을 지켰다. 설사 이계 소환술사라 할지라도 그 진정한 비의까진 허락되지 않았다.

"일부러 딱 거기까지만 전수한 것 같아. 어차피 루스클란 황족이 아니면 그 술식대로 마력을 운용해도 이계소환술이 발동하지 않으니까. 그래서 나도 차원문은 열 수 있지만 마물 소환은 못하는 거고."

성시한이 아는 영역은 방아쇠를 당기면 총알이 나간다는 것뿐, 대체 어떤 원리로 방아쇠를 당기면 총알이 나가며 총열이 그 열기를 버티는지에 대해선 모른다.

"내게 필요한 건 이계소환술의 총론이야. 지금 세상에서 그걸 어떻게 구하겠어?"

잠시 머뭇거리다가 알리타가 고개를 끄덕였다.

"그게 사실은……."

잠시 그녀가 자리를 비웠다. 그리고 뭔가를 들고 돌아왔다. 그 낡은 수첩을 보며 시한이 고개를 갸웃거렸다.

"뭔데, 이거?"

수첩을 펼친 뒤, 시한의 기겁한 목소리가 이어졌다.

"에에엑?!"

겉보기엔 평범한 낡은 수첩이었다. 하지만 펼쳐서 내용을 좀 훑어보자, 성시한은 그것이 루스클란 역대 황제에게만 전해진다는 진정한 이계소환술의 비의임을 알아차렸다.

"이거 예전에 릴스타인이 그렇게 찾아 헤맸던 건데? 어디서 구한 거야? 혹시 원래 가지고 있었어?"

놀란 눈으로 시한은 알리타를 돌아보았다.

하긴, 생각해 보면 그녀는 광제의 친딸이다. 황가의 비의를 전수했다 해서 딱히 이상할 것은……

"아니, 그런 것치곤 그동안 이계소환술에 대해 거의 아는 게 없었잖아?"

"듀란의 유품이에요."

알리타는 차분하게 당시의 일을 설명했다. 성시한이 살짝 인상을 썼다.

"왜 미리 이야기 안 했어? 혹시 일부러 숨긴 거야?"

그녀의 안색이 어두워졌다.

"시한이 알면 당장 파기해 버릴 거라 생각했어요. 지금의 시한에겐 필요 없는 정보니까요."

광제와 맞서 싸우며 무수한 이계의 마물들을 베어온 성시한이었다. 그런 그가 루스클란의 이계소환술이 세상에 남아 있다는 걸 용납하지 않을 거라 생각했다. 예전에야 상대의 전력을 파악하기 위해서라도 남겨놓았겠지만, 지금 그의 적은 더 이상 제국이 아니니까.

듀란의 유품을 그렇게 없애 버릴 수는 없었다.

알리타의 말에 시한이 혀를 찼다.

"아, 물론 비밀로 해야겠지만 그렇다고 파기할 이유도 없지. 어쨌거나 강력한 마법의 지식인데?"

"그렇죠. 그런데 그땐 심란해서 미처 생각을 못 했어요."

듀란의 죽음에 대해 알리타는 거의 내색을 하지 않았다. 수심에 잠기긴 했지만 금방 평소의 모습을 되찾았다.

하지만 혈연이 억울하게 죽음을 당했다. 게다가 그 죽음은 알리타에게도 남 일이 아니다.

'아무리 내색을 안 한다 해도 마음이 편할 리 없겠지.'

자신의 둔함을 탓하며 시한이 고개를 끄덕였다. 알리타가 화제를 바꿨다.

"그래서, 그게 뭔가 도움이 될까요?"

다시 수첩을 들여다보며 시한은 난감해했다.

"끙, 잘 모르겠는데."

수첩의 내용을 읽을 수가 없었다. 내용이 뭔지는 파악할 수 있는데 읽을 순 없다니, 일견 앞뒤가 안 맞는 것처럼 보일 것이다.

그럴 이유가 있었다.

수첩의 이계소환술 총론은 현 시대의 아스틴 어로 쓰인 것이 아니었다. 천여 년 전의, 루스클란 대제 시절의 고대 아스틴 어로 적혀 있었다.

한국어로 치면 '나랏말싸미 듕귁에달아 서로 사맛디 아니할새…'라고 적혀 있는 식이다. 게다가 마법 이론은 그냥도 알아먹기 힘든 판이다. 그걸 고대 아스틴 어로 써놨으니 더욱 어렵다.

그래서 알리타 역시 이 수첩을 얻긴 했지만 이계소환술은 전혀 터득하지 못하고 있었다. 물론 읽을 수 있다 해도 익힐 생각 따위 원래 없었지만.

수첩을 펄럭이다 말고 시한이 한숨을 쉬었다.

"…뭔 내용인지 대충은 알겠는데 세부적인 건 전혀 모르겠군. 아무래도 그냥 원서 그대로 베낀 거 같은데?"

수첩이 낡긴 했지만 그렇다고 수백 년씩 묵은 고서도 아니다. 글자가 깨알같이 작으면서도 선명한 것이, 직접 필사한 건 아니고 아마도 마법으로 복제한 모양이다.

"듀란은 고대 아스틴 어를 읽을 수 있었나?"

"그럴 거예요. 황가의 핏줄은 교양으로 고대 아스틴 어를 배우니까요."

고대 아스틴 어가 사어(死語)이긴 하지만 아주 사라지진 않았다. 과거 루스클란 제국 시절엔 황족이나 귀족들끼리 종종 쓰기도 했다. 그러니까, 뭔가 폼 나는 말을 하고 싶을 때 고대어 문구를 인용하는 식이다. 현대 지구에서 서양인들이 교양 삼아 라틴어 문구를 인용하는 것과 비슷한 느낌이랄까?

알리타의 대답에 시한이 반색을 했다.

"어, 그럼 알리타 너도 고대 아스틴 어 알아?"

"전혀 몰라요. 저건 보통 10살쯤부터 배우거든요."

14살까지 황족으로 살았던 듀란과 달리 알리타는 7살까지밖에 공주 노릇을 못 했다. 고대 아스틴 어를 배울 기회 자체가 없었다.

"끙, 고대 아스틴 어라……. 이거 아는 사람이 요즘 세상에 있기나 하려나?"

제국 시절엔 그래도 황족이나 귀족들 중 아는 이들이 제법 있었겠지만 현 시대엔 씨가 말랐다. 전문적으로 고대어를 연구하는 학자나 고위 마기언이 아니면 읽는 것 자체가 무리지.

"릴스타인이나 사파란은 알 텐데."

그렇다고 두 배신자들을 졸랑졸랑 찾아갈 수도 없는 노릇이다.

"켈테론보고 고대어 전문가 좀 초빙하라고 해볼까?"

시한의 말에 알리타가 어처구니없어 했다.

"생판 모르는 사람에게 악명 높은 루스클란의 비법을 보여 주면 참 비밀 유지가 잘되겠네요."

죄 없는 고대어 전문가를 죽여서 입 막을 생각이 아니고서 야 함부로 할 수 없는 짓이었다.

수첩을 내려다보며 시한은 생각에 잠겼다.

어쨌거나 이건 귀한 정보였다.

"일단 찬찬히 훑어봐야겠다. 상아탑 마법 중엔 고대 아스틴 어가 술식에 남아 있는 경우도 있으니까 비교해 보면 해석이 될지도 몰라."

*　　　*　　　*

며칠 뒤, 성시한은 알리타와 제논을 불렀다. 산봉우리의 연 무장에 모인 두 사람을 보며 시한이 의기양양하게 말했다.

"성과를 얻었다."

기대하며 알리타가 물었다.

"드디어 마력 이상 현상에 대해 알아낸 건가요?"

시한이 당당하게 대꾸했다.

"아니, 전혀 모르겠어."

그럭저럭 일부를 해석하긴 했지만, 여전히 수첩의 내용 대 부분은 미지의 영역이었다. 두 사람의 마력 이상과 이계소환술의 관계에 대해선 전혀 짐작도 할 수 없었다.

"…뭐예요, 그게?"

알리타는 노골적으로 실망한 표정을 지었다. 그녀 역시 자신의 비정상적인 마력량에 대해 신경 쓰고 있었던 것이다.

제논이 대신 물었다.

"그럼 무슨 성과를 얻었다는 겁니까?"

성시한이 오른손을 들었다. 그리고 마법의 언령을 읊조리기 시작했다.

"렌 스페렐트 폰 파르티아데 사펠트……."

주문이 이어지며 마력이 응집된다. 제논과 알리타가 기겁해 뒤로 물러섰다. 알리타의 아케인 블래스터와는 비교도 안 되는 강대한 기운이었다.

곧바로 시한이 반대편을 향해 손을 펼쳤다.

"열기여, 그 존재를 금하노라. 앱솔루트 제로(absolute zero)."

눈부신 파동이 부채꼴 모양으로 퍼져 나갔다.

닿는 모든 것이 새하얗게 표백되어 가루가 된다. 대지는 물론이고 바람조차 얼어붙어 비가 되어 내린다.

순식간에 수백 미터에 달하는 공터 절반이 순백의 설원이 되었다.

그 가공할 위력에 제논이 멍한 표정을 지었다. 알리타가 감탄하며 물었다.

"마력을 완전히 회복한 거예요?"

앱솔루트 제로는 백색 상아탑 최강의 냉기 마법, 범위 내 모든 것을 절대 영도로 만들어 버리는 제9층의 주문이었다. 7층 마기언 수준의 마력으론 결코 구사할 수 없는 것이다

성시한은 씨익 웃었다.

"그건 아냐. 대신 지금의 마력량으로도 9층 주문을 쓸 방법을 찾았지."

그가 찾은 해답은 출력 증폭술이었다. 출력을 최대한 높여서 필요로 하는 마력량을 맞춘 것이다.

"문제는 이거 한 방에 마력 대부분이 소진되어 버렸다는 건데……."

갑자기 시한이 두 사람에게 손가락질을 했다.

"덤벼봐. 전력으로."

시키는 대로 제논과 알리타가 투기검을 빼 들고 몸을 날렸다. 시한 역시 힘을 조절해 두 사람과 맞서 싸웠다.

요란한 대련이 이어졌다. 힘이나 스피드로 밀어붙이는 것이 아닌 검술의 대련이었기에 시한도 둘을 압도하기가 힘들었다. 점점 이마에 땀이 맺힌다.

그렇게 싸워대다 시한이 뒤로 물러섰다.

"좋아, 여기까지."

대련을 마친 뒤 다시 오른손을 든다. 그리고 반대편 공터를 향해 뻗는다.

"앱솔루트 제로."

한 차례 더 냉기의 파동이 공터를 뒤덮었다. 알리타가 놀라 물었다.

"어라? 어떻게? 마력 다 소진되었다면서요?"

만족스러운 듯 시한이 미소를 지었다.

"되는구만. 배틀 메디테이션."

듀란이 남긴 수첩을 며칠이나 파고들었지만 결국 성시한은 루스클란 이계소환술의 진정한 비밀을 캐내지는 못했다. 당연히 자신의 마력 이상에 대한 이유도 파악하지 못했다.

하지만 대신 다른 성과를 얻었다.

출력 증폭술.

원래 마력이란 한꺼번에 전부 끌어낼 수가 없다. 100kg짜리 역기를 열 번 들 수 있다 해서 1ton짜리 역기를 한 번 들 수 있는 것은 아닌 이치다. 지닌 총 마력량이 100이라면 보통 출력은 20 정도가 한계다.

그러나 이계소환술 총론에는 그 마력의 출력을 조정해 한 번에 80~90까지 끌어내는 비법이 숨어 있었다.

어째 익숙한 이야기라 알리타는 의아해했다.

"내가 마법 쓰는 방식이랑 비슷한 거예요? 하지만 시한은 지금 멀쩡해 보이는데?"

"그야 넌 가득 찬 그릇을 한 번에 비우는 식이니까 그렇지."

알리타가 단련된 소드하이어라 버티는 거지, 보통 마기언이 그런 짓 하면 바로 혼절한다.

"…라기보다는 보통 마기언은 그런 짓을 할 수도 없겠구나. 애초에 아무 짓 안 했는데 저절로 출력이 높아진 케이스니까."

반면 현재 시한의 그릇엔 충분한 여유가 있었다. 그릇에서 물이 출렁거려도 쓸데없이 넘치지 않으니 육체에 가는 부담도 없는 것이다.

"그리고 그 소모된 마력을 전투 중에 바로 회복한다."

배틀 메디테이션(battle meditation).

이는 미리 정립된 술식에 따라, 격한 움직임을 보이거나 복잡한 사고를 행하는 와중에도 급격하게 마력을 회복시키는 수법이었다.

말하자면 강제로 세계의 기운을 그러모아 마력의 그릇에 때려 붓는 식인데, 이 역시 보통 마기언이 저질렀다간 무사할 리 없었다.

있는 거 퍼내는 거랑 텅 빈 거 채우는 건 부담의 차원이 다르다. 혼절 정도로 끝나지 않고 그대로 심장이 멈춰 버릴 수도 있다.

"하지만 난 괜찮아. 여전히 내 마력의 그릇은 플로어 마스터급이거든."

작은 컵에 물을 급격히 들이부으면 사방으로 튀면서 넘치게 마련이다.

하지만 커다란 대접에 들이부으면 튀어봤자 그릇 안이다. 딱히 넘치지 않는다.

"둘 다 기존 4대 상아탑에는 없는 방식이야. 이런 방식 자체가 필요 없을 테니까."

어디까지나 성시한이 특이한 케이스인 것이지, 보통 마기언들은 그릇의 크기가 곧 지니고 있는 마력량이다. 그릇이 가득 차 있는데 저런 짓을 하는 건 그냥 자살행위다.

하지만 루스클란의 이계소환술은 그릇의 크기와 상관없이 저런 부담을 없앨 수 있었다. 그렇기에 견습 마기언 수준의 마력만을 지닌 루스클란 황족도 거창한 이계소환술을 쓸 수 있었던 것이다.

"무슨 수로 저게 가능한 건지는 아직 못 밝혀냈어. 하지만 독립된 술식이 아니라 이계소환술의 일부 술식으로 조합되어 있는 걸 보면, 이계소환술사들도 다른 마법에 출력 증폭이나 배틀 메디테이션을 쓸 수 없는 것 같더라."

하여튼 이걸로 성시한은 지닌 마력 이상의 마법을 구사하고, 소모된 마력 이상을 언제든지 재충전할 수 있게 되었다. 예전처럼 플로어 마스터다운 마법을 구사할 수 있게 되었다는 의미다.

"어떤 의미에선 더 나아진 것 같기도 하고?"

전에는 방대한 마력이 모두 소진되면 그걸로 끝이었다. 남들처럼 도로 회복될 때까지 기다려야 했다. 워낙 마력량이 방대하다 보니 남들은 하루 이틀 걸릴 거 며칠씩 소모해가며 채워야 할 때도 있었다.

하지만 이젠 금방 회복이 가능하다.

마력 고갈 기간이 극히 짧아진 것이다.

"오히려 좋아졌지. 이런 걸 전화위복이라고 하나?"

싱글벙글 웃으며 시한은 즐거워했다.

"이젠 예전처럼 마법도 마음껏 쓸 수 있겠군."

알리타는 기뻐했고 제논은 의아해했다. 그가 고개를 갸웃거리며 물었다.

"혹시 이제까진 예전처럼 마법을 못 쓰셨던 겁니까?"

시한과 알리타가 묘한 표정으로 제논을 바라보았다.

"아, 그러고 보니……"

"제논은 아직 모르죠?"

진실을 듣게 된 제논은 서운해했다. 하지만 성시한이 처한 처지가 처지이니만큼 충분히 이해한다는 반응을 보였다.

사실 그가 서운해한 건 자신에게 비밀을 감췄기 때문이라

기보다는…….

"왜 알리타에겐 알려주고 저만?"

"아, 미안. 아무래도 처음에는 함부로 밝히기 좀 그랬어."

그리고 시간이 좀 지난 뒤 제논이 믿을 만하다고 확신한 후에는 성시한도 알리타도 진실을 알려줬다고 착각해 버렸다.

"같이 다니면서 온갖 비밀 이야기 다 했잖아? 그렇다 보니 당연히 아는 줄 알았지……."

"아, 그렇습니까?"

제논의 표정이 풀렸다. 이건 또 나름대로 기분이 나쁘지 않았다.

마법의 힘을 되찾고 나서도 성시한은 계속 포터 성에 머무르며 수련에 매진했다.

속절없이 시간이 흘렀다.

가을이 끝나가고 찬바람이 불기 시작했다. 푸르던 이파리가 낙엽이 되어 떨어지고, 가으내 잔뜩 먹이를 먹은 곰이 동면 자리를 찾아 헤매는 계절이 되었다.

지루한 기간이었다.

도중에 몇 번이나 조바심을 냈는지 모른다.

플로어 마스터의 힘도 되찾았고, 초인급의 벽도 허문 지 오래였다. 지금 수준으로도 이미 젝센가드와 카렌, 두 사람의 합공을 무난히 이겨낼 정도가 되었다.

하지만 성시한은 인내했다.

한 번이면 족한 바보짓을 두 번이나 했다. 십 년 전에 한 번, 카렌과 싸우며 한 번.

'아무리 한국인이 삼세판을 좋아한다지만, 세 번을 채우면 곤란하지.'

찬바람이 칼바람이 되었다. 험준한 산봉우리에 서리가 맺히는 날이 점점 늘어났다.

고산지대인 포터 성 근처는 겨울이 오는 시기도 빨랐다.

결국 첫눈이 내렸다.

\*　　　　\*　　　　\*

접근이 허용되지 않는 산속의 고도, 산봉우리 위의 드넓은 수행지.

성시한은 그 한가운데 서서 손에 쥔 장검을 똑바로 들었다.

카렌과의 전투 중 부러진 클레이모어를 대신해 새로 구한 바스타드 소드가 선명한 푸른빛을 발하며 검명을 떨친다.

웅웅웅웅!

투기강을 끌어내 칼날과 융합한 뒤 시한이 나직하게 중얼거렸다.

"무신기(武神氣), 십이지검(十二之劍)."

푸른 투기강이 선명한 금빛으로 변한다. 투기강의 한계를 넘어 초월적인 전능의 빛으로 화한다.

시한은 검을 놓았다.

바스타드 소드가 허공으로 떠오르며 진동한다. 진동과 동시에 좌우로 분리하며 잔상을 남긴다.

검의 잔상이 점점 더 늘어난다. 둘이 넷이 되고, 넷이 여섯이 되고, 여섯이 여덟이 된다.

눈부신 열두 자루 빛의 검이 성시한의 주위를 맴돌았다. 그들은 마치 왕을 지키는 전설 속의 기사처럼 강렬한 기운을 발하며 명령을 기다리고 있었다.

시한은 흡족하게 웃었다.

"열두 자루인가."

과거, 광제 루스타나드를 상대할 때와 같은 숫자였다.

오른손을 들어 그는 가볍게 허공에 손짓했다. 그 손짓에 따라 열두 자루 빛의 검이 화려한 검무를 추기 시작했다.

황금의 광검이 스스로 솟구치고 비산하고 내려앉는다. 때론 유수처럼 흐르고, 때론 뇌전처럼 내리꽂히며 무수한 변화를 일궈낸다. 잔상이 잔상을 낳아 무수한 검광의 궤적이 산봉우리의 하늘을 뒤덮어간다.

끝없이 이어지는 빛의 윤무가 대기를 갈랐다.

흩뿌려지는 파괴의 여파가 대지를 뒤흔들었다.

산봉우리 전체가 진동하며 굉음을 토했다. 대지가 말려 올라가 땅거죽이 흙기둥이 되고, 폭풍이 일어나 하늘의 구름마저 밀어버렸다.

이 장대한 파괴를 일구어내고도 성시한은 멈추지 않았다. 더더욱 투기를 끌어올리며 모든 기운을 빛의 검에 쏟아 넣는다.

"타아아앗!"

요란한 기합성과 함께 열두 자루 빛의 검이 눈부시게 빛났다. 동시에 허공에서 다시 합쳐지며 태양처럼 백열하기 시작했다.

시한은 정신을 집중했다.

정신을 집중해 의지를 현실에 투영한다. 한 점의 거리낌조차 없는 순수한 파괴의 의지, 실존할 수 없는 절대적인 소멸의 이미지를 현실의 잣대에 끼워 맞춘다.

그가 손을 내리그었다.

"무신기, 무극천광(無極天光)!"

태양이 떨어졌다.

황금의 섬광이 산의 옆구리를 파헤치며 거대한 참격을 날렸다. 봉우리부터 산기슭까지 이어지는 산세 그 자체가 일격에 쪼개지며 참혹한 흉터를 드러냈다.

이제 더 이상 이 산봉우리는 일반인이 접근할 수 없는 곳이 아니게 되었다. 아무리 힘없는 이라도 쉽게 올라올 수 있도록 능선 자체가 그대로 도려내어졌다!

굉음이 멈췄다.

빛의 검이 사라졌다.

"좋아……."

다시 한 자루 검으로 돌아온 바스타드 소드를 움켜쥐며 성시한은 차갑게 웃었다.

비로소 모든 힘을 되찾았다.

과거의 전성기, 이계구원자 시절을 뛰어넘어 십여 년 동안 복수자로서 칼을 갈며 키워 온 모든 힘과 권능을.

"슬슬 움직일 때가 되었어."

『이계진입 리로디드』 6권에 계속…